潘年英
04
作品

桃花水红

新星出版社　NEW STAR PRESS

目 录

1 桃花水红
6 葡 萄
15 住 店
20 还乡记
54 老 鸹
79 日 子
103 哭嫁歌
154 风吹稻浪

桃花水红

盘村的人家中，老东家算是独门独院的一户。他家单单建在了往来石洞和盘溪的山坳口上。

门前一排葡萄架，无论春秋寒暑，也无论天晴落雨，这架下必然是坐满了各式各样的人——有过路的，也有村寨上的，都喜欢到这葡萄架下来乘凉、歇脚或聊天。

房屋四周被竹林和桃林包围，风景是美得很的。

这一天恰逢春分，老东家屋前屋后的桃花正开成云霞一般灿烂的一片，姹紫嫣红，景象迷人。正巧老东也在这一天中午到了家。老东的几个姨妈和姨娘也不约而同地来到了老东家。

他们都坐在葡萄架下说话，和老东妈妈一道。大伙的脸上都洋溢着一种掩饰不住的甜蜜的笑容。

老东在县水利局工作，单位派他到石洞片区来检查农田水利的建设情况，他就乘机回了家。

老东的妈妈一直不停地抱怨，说几个姨妈和姨娘事先不打一声招呼，到家来什么菜也没有。话虽这么说，但老东心中有数，春节刚过不久，炕上的腊肉和坛子里的腌肉还多得很。

老东的父亲几年前就去世了，母亲跟着老东的弟弟一起过，但弟弟和弟媳现在都在广东打工，老东又在外面工作，这家人的堂屋就空了。有客来，老东的妈妈是很高兴的。

这家人算得上是殷实人家。

大姨妈嫁在凯寨，二姨妈嫁在盘溪，四姨娘嫁在本寨，却不知为什么今天一起来到了盘村。老东刚想问，远远就看见了长腰大田的路上又走来了一个女人和一个孩子，大姨妈立即惊叫起来：

"那个是冬雪吧？"

二姨、三姨和母亲也一齐惊叫道：

"是呀，是呀。"

大伙都欢天喜地地等待着那个女人和孩子慢慢走近。

大姨叫冬梅，二姨叫冬兰，母亲是老三，叫冬莲，四姨叫冬英，五姨叫冬雪，孟寨杨氏五姊妹，年轻时候是五朵有名的金花。路上走来的若是冬雪，这五姊妹就算到齐了。

那女子终于到了老东家门前，却不是冬雪，而是一个叫老东万万料想不到的人——妹红。

二十年前，老东还在县城读高中的时候，这个叫妹红的女人便应父母之命来到了老东家。虽然没有正式过门成亲，但两家老人已正儿八经决定了一对年轻人的大事——那时候，老东的父亲料想不到老东是能考上大学的，他要为儿子好好说上一门亲，而这妹红在那个时候正可以说是盘江河两岸百里挑一的好女子。

妹红的父亲与老东的父亲既是亲戚，也是极要好的朋友，逢年过节都是要走动的，因而老东和妹红也可以说是青梅竹马，两小无猜。而转眼长大成人，要转入婚嫁上去，也都是顺理成章的事。

只可惜老东后来考上省城水电学校，自己悔了婚，跟一个城里女子做了一家，妹红才无奈在当地嫁了他人。

二十多年不见了，老东已认不出妹红来了，妹红也认不得老东了。但妹红是认得几个姨妈和姨娘的，便一一跟她们打了招呼：

"大姨妈，二姨妈，亲妈，四姨娘，你们都在屋呀？今天你们都来，莫怕是老东家有什么好事吧？"

妹红还是叫老东妈为亲妈，老东一下子就明白过来了，他主动叫了一声：

"妹红……"

"是老东吧，"妹红说，"好多年不见，不敢认了，远远看又有点像老平，近看又不太像，不敢喊了。"

老平是老东的弟弟。

除了脸上增加了一点皱纹外，妹红的模样并无大变，她还是那样美丽、健康。倒是老东因为几年前离了婚，后来又一直没有成家，人显得又苍老又憔悴。

"你去看你姐？"老东问。

"噢，"妹红说，"我送这个崽回去嘛。"

妹红说的"这个崽"，就是走在她前面的那个小男孩，大约七八岁的样子。老东问：

"是你家老几呀？"

听了这话，妹红笑了，大伙也都笑了。妹红说：

"这个是我姐的大孙崽，你眼睛差火呀老东，我也是要当外婆的人了，我哪里还有福气生这么小的呀。"

老东的脸一下子红了。老东妈说：

"光讲话，过来坐嘛妹红。"

"不坐了亲妈，我送他到屋后还得赶紧转去，屋里的活路多得很哩。"

"我们农村人,活路是做不完的,"大姨妈说,"你再它吧。"

老东给妹红搬来了凳子,妹红坐下了,说:

"老东,听说你的婆娘和崽都到美国去啦?那你有办法呀。"

妹红的话是真诚的,并无挖苦之意,老东说:

"那是人家有办法,我有什么办法?"

"又讨了吧?"

"哪个肯嫁给他唷,"老东妈说,"你快莫讲他了,讲他我要胀气死了。"

"那时候我就跟老东讲,还是妹红好……"大姨妈欲言又止。二姨妈和四姨娘也摇头摇脑说:"命,命,这是命,快莫讲,哦……"

几个姨妈、姨娘这样讲的时候,老东发现,妹红流了泪。老东便假装进屋找什么东西,不出来了。

妹红问:

"几个姨妈整整齐齐在这里,难道你们家真有什么好事吗?"

老东妈说:

"晓得她们发了哪根神经,平时间邀她们来,她们死也不肯来,今天呀,她们不晓得是咋个的了,约好了要来出我的丑。"

"我们呀,今天是约好了来看桃花的。"大姨妈说。

"看桃花?又不是城里头的人,看什么桃花。"

"我没读过书,所以从没听说有哪本书上讲,桃花只能是让城里人看的。"

妹红抬头看了看老东房前屋后的桃花,的确开得红艳得不得了。她便想起二十年前她来老东家的时候,并没有这么多的桃树。她想问老东妈桃树是什么时候栽上的,但老东妈也进屋去了。她去给她们煮甜酒。

妹红没有吃老东家的甜酒就走了。走在前面的,依旧是她的小外孙崽。

2005 年 1 月 13 日

葡　萄

七月半快要到来的前几天,老东又得机会回了一趟盘村老家。

他是天色黄昏之际才赶到家的。单位有车子送他到家门口,他留司机吃饭,司机不肯吃,原地掉头返回县城了。

他提了一点在城里买来的蔬菜、水果慢慢往岭上走去。

刚走到家门口,就听到远远有一个声音在喊:

"大哥来嘎!"

他抬头一看,竟然是妹妹。这是他意想不到的。

妹妹嫁得很远,在一个叫归丫的偏僻地方。他只去过那地方一次,就是妹妹出嫁的时候,他去做"皇客"。之后他再也没有去过那地方。路远,山大,去一趟真不容易。

"你也来屋呀妹?"他对妹妹说。

"嘿,我总算有一回好运气了,今天来屋闯着了大哥。"妹妹答非所问。但看得出妹妹格外高兴。

妹妹已经很久没见着大哥了。因为路远,她很少回家,偶尔回来,也不一定见得着大哥。

侄女、弟媳和弟弟都闻讯奔出门来迎接老东。侄女跳起来抱住了老东的脖子不肯下来。弟弟和弟媳象征性地呵斥侄女两句，但脸上却是堆着笑的，其实并无责怪之意。

走进里屋，老东在火塘间见到了母亲，她总是忙忙碌碌的。此刻是在准备晚饭。手头正在侍弄一只业已杀死洗净的鸭子。

"妈。"他叫了一声。

"你今天咋个得空来屋？"母亲问道。

"单位喊我来测量我们那条水沟，我就来了。"

"你坐哪样车来？"

"我们单位的车。"

"司机呢？"

"打转了。"

"天都黑了，还打转，你没喊人家来屋吧？"

侄女一直抱着老东，不肯从他身上下来。老东从包里拿出糖果和水果哄她。她居然摇头说不要。

老东说："咦？今天怪了啊，居然连糖都不想吃了。"

弟媳说："她不要？她会不要吗？刚才大姐来，把她喂饱嘎，不然的话，你看看她还是这个样子不！"

母亲说："大哥来屋，大姐也来屋，今天也算来得比较整齐了。"

弟媳说："难怪我刚才烧火的时候，那火就一直呵呵笑。"

侄女说："火火笑，客来到。"

"烧火来老平。"母亲吩咐弟弟道。

火塘里是有火的，母亲的意思是叫老平把柴火烧大些，她要炒菜了。

"妈天天念那鸭子，总说那鸭子费食得很，要杀来吃了，又总想等大哥来了才杀，今天大姐来，杀了，还在念，说大哥没有口福。我跟她讲，人家大哥是国家干部，哪样都得吃，还在乎你一只鸭子？她不听。"弟媳话匣打开了，唠叨个没完。她不是本地人，老家在安徽，是弟弟几年前去广东打工时带回来的，刚来的时候听不懂本地人说话，现在她自己却说了一口流利的盘村土话。

弟媳人长得不错，性格又直爽，干起活来手脚麻利，说起话来心直口快，很讨人喜欢。

"大哥，旺旺叽能登后生了吧，你哪个时候带他来屋我们看看咯。"妹妹突然说起了老东的儿子。"登后生"是本地土话，就是长大成人了的意思。

"嗯，个子比我还高了。"老东说。其实自孩子两岁半离开他之后，老东再也没有见过他的儿子，儿子跟了他的妈妈，被他妈妈藏起来了，不让他跟老东见面。

老东每次回家，家人都要问起这件事情，因为在孩子两岁时，老东带着孩子来过老家一趟，那孩子的调皮可爱，给家人留下了深深印象。

"你有他照片吧，拿来给我们看看咯。"妹妹又说。

"有。没带来。"这话老东倒是没有说谎。他那儿子自己开了一个博客，在上面上传了不少照片，老东悄悄地下载了，自己去打印了好几张。

老东曾经在那孩子的博客上留过言，也留下了自己的电话号码，他希望孩子能跟他联系，但那孩子并没有理睬他，不久之后，孩子就把博客给关闭了，老东彻底失去了与孩子的联系。

"人家离婚的多得很，我没见到自己的崽都看不到的。"母亲又开始数落老东了。

弟弟把话题岔开，问：

"你是来测量我们这条堰沟的吧大哥？"

盘村原来有一条水渠，是从很远的地方引来的一股水，直接引到了大寨子上，早先是用来做碾坊碾米的，后来不碾米了，水渠依然保留着，方便了一个寨子近百户人家的生活。后来因为修公路，把水渠挖断了，好多年过去都没有再修复，一村的人都感觉到很不方便，就多次给上级部门呼吁，要求重修这条水沟。

报告交上去几十份，村里干部也到县城里请相关部门的领导不知吃了多少回饭，终于答应要来修复了。

老东本身在水电局工作，上上下下没少操心。

很奇怪，盘村人都把这条水渠叫堰沟，而不叫水渠或水沟，不知道是什么道理。

"嗯，"老东说，"总算是要动真格的了。"

"那不是全部搞水泥的喽？"

"那当然，现在搞水利，不用水泥还能用什么。"

"娇娇，给你公烧点香和纸。"母亲说。

"娇娇"是侄女的奶名。母亲说给公烧香和纸，就是要给已经去世多年的老东的父亲烧香纸。盘村人把爷爷都叫作公。

娇娇轻车熟路地从碗柜里拿出一大把香纸来在火塘边烧了。

老东这才想到，不知不觉间，他父亲离开他们都已经十几年了。而他那年带着儿子旺旺回老家跟父亲见面的情景，却恍如昨日。

烧过香纸，母亲就吩咐吃饭了。

弟弟给大哥老东、母亲和大姐各倒了一碗酒。

"我的不倒了，我不想喝。"老东说。

"乱喝一口吧，"母亲说，"你爹挂欠你。"

老东就不再说话，拿起酒碗先倒了一点儿在地上，然后小小地喝了一口。

"你们在外面喝酒少喝点儿，我有一晚上做梦，说是你喝醉酒了来屋哭，害我赫得一大忙，我担心你出什么事情，赶紧喊老平打电话给你,老平说你没什么事我才放心……"

母亲这么一说,老东眼圈就红了。他心里明白,这么些年来,他没少让母亲担心。

如今母亲也年逾古稀了,身体也每况愈下,他不知道母亲还可以陪伴自己多少年。

"大哥,你搞完这条沟,你就到我们那边也去搞一条沟吧。"妹妹说。

"那要有钱。"老东说。

"我们那寨子是没有人在外面当官的,所以找公家是要不到钱的,但他们自己愿意斗。"

"斗"也是盘村土话,就是"凑"的意思。

"你们要是斗到钱,那我可以免费帮你们设计。"老东说。

"那他们会感谢你得很,我们那寨子,实在是太想要一股水了。"妹妹说。

妹妹嫁去的那寨子,是一个建在高山顶上的村寨,所以妹妹说出这样的话,老东心里是十分清楚的。

一家人正吃着饭,说着话,突然,一个人推门进来了。来者竟然是很少来到老东家的上坎大嫂金桃。

"你们一屋人吃哪样山珍海味唷,搞得这一屋子热火朝天的。"

除了母亲,大伙儿都站起来了,给大嫂让座,弟媳更是立即就递上了碗筷。

"你走错门了吧?"母亲说,"你也难得走错路进我屋一回噢,我记得你是从来都不来到我屋坐过的。"

"我管他错不错,有酒喝有肉吃我也愿意错等回。"大嫂笑呵呵地说。

老平给大嫂也倒上了一碗酒。

"我喝不得酒老平,你莫给我倒。我是路过你门口,听到屋里好像有老东的声音,我就想来问他一声,上次他给我那孙女照的相片带来了没?"

"我早拿来了嘛,你还没得到?"老东说。

"在我这里。"老东母亲说,"老东去年就拿给我了,要我转交你们,但你们都忙死忙活的,从来不见你们的人影,我咋个送嘛,我七老八十的人了,难道还要我亲自送到你们每一家每一户去不成?"

"那倒不要你老人家送,不过,我们上门来拿,又怕你老人家太客气要留我们吃饭。"

大嫂的话把一家人都逗乐了,连娇娇也笑得合不拢嘴。

母亲到里屋拿来大嫂孙女的照片,交给大嫂。

大嫂拿过照片看了一眼,说:

"你照相本明得好呀老东,比他们照的那些都好。"

大伙都凑过去看,照片果然很清晰。

老东、老平都劝大嫂金桃喝酒。

"这一次也带相机来不老东?带来的话就请给我也照一张相,我老啦,想留一张像给孙崽们做纪念。"

"我上次喊你照,你又说你老了不好看,不肯照。"老东说。

"一年不如一年呀老东。"大嫂金桃说。

老东仔细看了大嫂一眼,果然发现大嫂竟然真的很显老了。老东于是感到非常惊奇。因为在他的印象里,大嫂好像才是嫁过来没多久的,他记忆起来三十年前当他还是个小孩的时候,大嫂初嫁来盘村的样子——苗条的身材,粉红的脸子……有一回村上的哥更曾对老东说过,找婆娘就要找像大嫂金桃的那种女人——桃花脸,水蛇腰……哪样活路都做得。

"人哪有不老的,金桃,你以为人是神仙呀,就是神仙也会老呀。"老东母亲说。

"快莫讲,你想我前两年还可以扛斛桶,可以挑一百来斤,这两年连爬我们屋背坡都困难了。"

一家人就边喝酒、吃饭边说话,不知不觉就喝下去一大壶酒了。大嫂说我不陪你们喝了,我到外面乘凉去。老东本来也不想喝酒,就拿着凳子跟着大嫂走出大门,来到门前的葡萄架下乘凉看月亮。

快到月半了,月亮老早就冒了出来,院子里月色溶溶,遍地银辉。

老东母亲随即也跟着走出来了。她拉亮了电灯,门前更是明亮了。老东说,那么好的月亮,你还去拉电灯,妈?弟媳就大笑着跑出门来说,大哥你就不知道啦,妈她有一个秘密,她就是要开那电灯啦。

老东正猜不透弟媳说话的意思,就已经看到母亲在招呼屋脚水塘里的几只癞蛤蟆了——原来她开灯是为了让那些飞蛾来赴火,落在水塘里,然后让那些蛤蟆有吃的。

老东起初对妈妈的这一奇怪的爱好颇有些不能理解,但他很快就认可了,因为他看到那群蛤蟆吃飞蛾的样子,实在是非常可爱而且有趣。

不久之后,弟弟和妹妹把家里都收拾干净了,全部出来坐到葡萄架子下乘凉赏月。

"你得空去跟我过七月半吧大哥?"妹妹对老东说。

"可能没有空唷。"老东说。

"你总是忙,你找个时间去走老荣一回嘛,他念你多回了。"

妹妹说的老荣,就是她的丈夫,也是老东小时候的同学,原本关系都很要好的,但后来老东去读大学了,老荣没考上学校,回家当了农民,彼此就生疏了。

"我是想去一回。"老东说,"看看是哪个时候有空点儿吧。"

"带旺旺来。"妹妹又提到老东的伤心事。

老东就不说话了。他知道妹妹的心思。那年他离婚的时候,妹妹曾经去信骂过他,说大哥,你离婚可以,但你不能不要旺旺啊,旺旺是我们家的根苗啊。

"旺旺读大学了吧老东?"大嫂问。

"都毕业喽。"老东说。其实他知道,旺旺并没有读大学,他听人说,旺旺没考上大学。

"他妈呢,还好吧?还是没嫁人?"大嫂又问。

"没嫁。"老东说。

"唉,老东呀,你莫嫌大嫂话多噢,你两个好好的,离什么婚嘛,你看我,你哥贵把我打得半死,我都没想到要离开他,看崽来嘛,造孽呀……"

老东不说话了。妈妈还在喂养她的癞蛤蟆,也不说话。

时令既在盛夏,近处远处的小虫都在唱,夜晚并不宁静。

老东走近母亲,看她一个人在埋头喂养那些癞蛤蟆。

老东隐隐约约感觉到母亲在哭泣,但他不想看到母亲的眼泪,就无话找话问妹妹婆家那边通了公路没有。妹妹说,村里没有人在上面当官,怎么可能通公路。要通公路,下辈子吧。

"你们家今年这葡萄本结得好呀老东。"大嫂说。

老东抬眼看,架子上的葡萄果然结得很好,一串串地挂下来,饱满诱人。

老东想,这葡萄是父亲生前栽种的,如今他走了这么多年了,但葡萄却越长越大,越发越宽,都要把一个院子全部覆盖住了。

月光和灯光映衬下的葡萄,晶莹剔透,绿如宝石。

"我走了,老东、大妹你们慢坐,谢谢你了老东,明天上午我穿新衣服来请你帮我照张相。"大嫂说。

"你忙那样嘛,坐一岗再走。"老东、母亲、妹妹和弟媳都极力挽留说。

"我又不是干部,我哪里得空坐唷,老东,我屋里哪时候不是一大堆活路在等我!"

"你活路再多,这时候总不会还去坡上吧?"妹妹快人快语说道。

"坡上这时候倒不去了,但屋里那几个孙崽不要人服侍啊?"

大嫂摘下一串葡萄,尝了一颗,随即大声喊道:

"妈咦,你这葡萄是什么葡萄唷,那么酸,都要把我的牙齿酸脱了。"

老东看着月光下大嫂渐行渐远的背影,看着她那已经明显弯曲的身体,他突然觉得大嫂真的是上了年纪了。但他头脑里闪过的一幅画面依然是大嫂三十年前刚来盘村时候的样子——桃花脸,水蛇腰……

2009 年 3 月 15 日于湘潭

住　店

　　当年，老东在县城读高中的时候，他每星期都要回家一趟。

　　从他的老家盘村到县城，有七十多华里山路，那时候又不通汽车，那么遥远的路程，那么艰难的跋涉，他为什么还要每星期都回家呢？

　　因为他要回家来拿米。那时候可不像现在，揣着几块钱就可以走遍天下。那时候只认实物——要不，就交粮票。老东家祖祖辈辈都是农民，哪来的粮票？所以只好交米吃饭。没办法。

　　那时候老东的年龄也才十四五岁，还是个孩子，所以每次回家背米，都不能背得很多，背个十斤左右，刚好够他吃一礼拜。

　　有一回，他照常回家来背米，然后照常独自一人跋山涉水、翻山越岭去县城上学。他走呀走呀，走了一整天，快到县城边了，突然就遇到了两个盘村的人——老相和老灿。

　　那是他的两位堂哥哥。

　　"你们来做哪样？"老东问。

　　"来赶点场咯。"他们回答。

　　"那不走了嘛，转去跟我住一晚。"

老东对他的两位堂哥说。

虽然他当时还只是个学生,但他的这种邀请,在盘村人看来那是很自然的,是天经地义、顺理成章的事情。因为自古以来,盘村人似乎都有着一个不成文的规矩,即在你熟悉的地盘上,你得热情邀请自己的亲人和熟人留下来吃住,以尽地主之谊。

"不了,我们回去了,家里还有活路,而且,我们又没带证明,吃住都是不方便的。"老东的两位堂哥说。

事后老东想,他们要是只说前面那两句话而不说后面那句话就好了,因为说了后面那句话,那就等于说他们还是想留下来的。

"走吧,跟我回去。"老东胸有成竹地说,"学校里有住的。"

两位堂哥看他态度坚决,也就跟着他走了。

他们先来到学校。老东转弯抹角地找到自己的宿舍。他把米袋子放在自己的床铺边,然后去看看有哪位同学没有回来。但是,太不巧了,这天,恰好所有的同学都回来了。这就意味着,没有空床了。

不过天色还早,老东心里并不着急。他又带着两位堂哥去县政府机关宿舍找他的一位亲戚——那是他的一位亲姑爷,在县政府工作,他偶尔会去那里找姑妈说说话,叙叙家常什么的。但从未在那里混过伙食。

虽然嫁出来多年了,而且年纪也比较大,老东的姑妈对于盘村年轻的一辈都已经不大熟悉了,但她每隔几年也还是要回盘村拜拜年什么的,遇到娘家里有红白事情,她也都要回去送礼,所以她应该是认得老东的两位堂哥的,老东因此就想到,如果老东姑妈在家,那一晚上的吃住就应该没什么大问题。

但是,他们没有看见他姑妈,也没有看见他姑爷。实际上,他姑爷宿舍的大门紧锁,他们敲了大半天没任何反应。

这时候，老东就开始有点着急了。他想，要是自己不能帮两位堂哥找到吃住的地方，那他的颜面就算丢尽了。

他突然想到在城边他还有一位远亲——那实际上是他的一位同学的远亲，即一位同学的姨婆的堂妹的婆家。老东的那位同学跟老东是小学同学，虽然不是同一个村的，但因为从小打老庚，关系是比较要好的，所以，有一回，老东就曾跟他那位同学来到这远亲家吃过一回饭。

他们又曲里拐弯地走了大半天，终于在城边找到了这户人家。

这家人倒是全家人都在家的，而且，老东那小学的同学也在。老东大喜。

天色已经十分暗淡了，城市里已经点亮了电灯。那家人正在吃晚饭。一家人其乐融融的样子。看见老东带了两个人走进家来，大家突然都不说话了。

没有站起来跟他们打招呼，更没有盘村人一贯的欢迎客人到来的热情。

老东同学把老东拉到门外边问："有事？"

老东就说："没有。"

老东的脸涨得通红。

老东同学看着老东，脸上的表情也很不自然。他盯着老东的脸，又问：

"真没有什么事？"

老东看看同学，又看看两位堂哥，欲言又止。

他的两位堂哥说：

"走吧，老东，我们回去。"

"我们想来借住一晚……"老东终于怯怯地对同学说。

"这里哪有地方住？你又不是不知道。"老东同学很生硬地说。

老东的脸烧得更红了。

老东只好带着自己的两位堂哥往回走了。走出老东同学远亲家好远好远,他的两位堂哥才开口抱怨老东,说没有住的你就应该说没有住的,干吗要吹牛呢?你吹牛不要紧,但现在我们就走投无路了。

经过这一番折腾,老东心里本来就是又羞愧又难过,此时经两位堂哥这样一抱怨,他就感觉整个人都快要崩溃了。他知道自己快要哭了,但还是尽量克制住不让眼泪流出来,但嘴里已经说不出话来了,他觉得只要他一开口,一定是一种更加丢人现眼的哭腔。

走出一条又一条黑咕隆咚的小巷,他们终于又重新走到了灯火昏暗的大街上。然后,在接下来的整个上半夜里,老东就一直带着两个堂哥在找旅社住宿。他们几乎问遍了县城所有的旅社,都因为他们没有身份证明而不能给他们提供住宿。这之中,老东还又带着两位堂哥返回学校一次,他希望能跟自己的同学商量商量,想跟随便哪一位同学挤一宿,然后把自己的床位让给他的两位堂哥住。但是,太不幸了,这天,居然有学校保卫科的来查房,说学校不能留宿任何除学生之外的人。

"这是我的堂哥……"老东还是怯生生地对保卫科的人说。

"不行!你听不懂中国话吗?我说是除了学生之外的任何人!听明白了没有?!"

……

那一夜,老东最终是怎么给自己的两位堂哥找到旅社住宿的,现在已经记得不大清楚了。但是,他还清楚地记得他们最终找到的那家旅社叫红星旅社,在汽车站附近,也就是现在的"鸿兴宾馆",他更记得他们当时是以每人两元共六元人民币的价格入住的,还是一位上了年纪的老头开恩给他们安排的,当时时间已经是凌晨二时了，老头估计也不会再有人来查房了。他们两人入住后，老东仍然赶回学校去住。第二天中午下课后，老东来到旅社，问登记住宿的那位老头："他们走了？"老头看了看老东，说："清早就走喽，走的时候，天还没亮。"

老东是在听说汽车站一带最近又要拆迁才想起这件陈年往事的。他现在在水利局上班，偶尔从鸿兴宾馆门前经过时，他都会想起那次经历。他总是想，那六元钱，他一辈子都欠着他的两位堂哥。而且他总对别人说，现在说六元钱实在不算什么，但当时的六元钱可不是小数目，起码相当于现在的六百元，甚至更多。而这个数字对于一个来自边远山区的农民来说，更是一个巨额数字。

整整三十年过去了，许多事情早已经物是人非。在那个夜晚跟他打交道的几个人物中，他的堂哥老灿已经早在十五年前去世，老相倒还活着，但也弯腰驼背、老态龙钟了，他的姑爷和姑妈也差不多是那时候去世的，他的那位小学同学，现在在邻县的一所中学教书，而那家人，那家对他们的到来毫无表情的人，从那以后，他没有跟他们有过任何联系，因此也没有关于他们的任何消息。

有一天，老东再次经过即将被拆除但仍在营业的鸿兴宾馆，老东想，如果是今天，他的两位堂哥再来找他，那就好了，那他就可以请他们入住比鸿兴宾馆更加豪华的宾馆，请他们吃最好吃的饭菜，让他们享受到更多意想不到的东西。

2009 年 3 月 26 日于湘潭

还乡记

1

春节快到来之前,老东回到老家盘村。这一回不是单位的车子送他了,而是自己开车回去的。自从两年前他升任县水利局副局长以来,生活发生了很大的变化。

他原本是想带老婆孩子一道来的。他已经有好些年没有在老家过年了。但老婆孩子都不喜欢来盘村,说是盘村老家没什么好玩儿的,地方狭小,人也少,去到那里,连个坐处都没有,讲的话又是侗语,她们听不懂……老东心里明白,她们说的,其实都是借口,没什么道理的。她们真正的心理障碍,是嫌老东母亲啰唆,又贪财,去一次老家,不打发个几百上千,是交代不过去的。"奶奶不好,老爱跟爸爸要钱,外婆却从来不跟妈妈要钱……"有一次,老东无意中从孩子的日记里看到这句话,老东心里很生气,但老东没有声张。老东知道,孩子本身不会有这样的认识,那是妈妈教育的结果。

其实,老东现在的老婆,也是来自乡下的。但因为受过高等教育,又长期在小城里生活,接触的人多半都是小市民,不免也沾染了许多的市民习气，看问题是很肤浅的，平时小里小气的，他们没少在生活细节上争嘴。老东对这个老婆颇不满意。但因为考虑自己已经是二婚了，就没有太较真，大凡遇到跟老婆争嘴的事情，他多半都采取沉默忍让和息事宁人的态度，不计较、不理睬、不坚持、不抗争。

老东把车子停在公路边的新家门口。他妈妈在新家里开了个小百货店子，这时探出头来，问："光你一个人回来？"老东说："嗯。"

新家是水泥砖房，用本地话说，就是窨子屋。自盘村通了公路以后，老东就支持弟弟老平捷足先登在公路边占了一小块地修起了这栋两层楼的简易小洋房。老东在单位里跟同事吹嘘说他在老家修了一栋别墅，其实就是两间低矮的红砖楼房，花钱少，质量差，设计得也很俗气，就是那种在中国农村非常多见地贴着白瓷砖的所谓"火柴盒"，老东自己都嫌它难看，但每次回家，老东心里又多少感到有那么一点儿自豪，因为那毕竟是盘村有史以来的第一栋窨子屋。

修这房子的钱当然是老东出的，他弟弟老平貌憨，人傻，平时在家百无聊赖，无所作为，是没有能力搞家庭建设的，这也是老东老婆看不起老东家人的原因之一。

但老东没把在老家修房子的事情告诉他老婆。他知道，他要告诉她，这房子肯定是修不起来的。当然他也不敢为修这房子跟老婆伸手要钱。他是拿自己的私房钱去支持弟弟的。至于他的私房钱是从哪里来的，他不说，就无人知晓了。

"你咋不带她两娘崽来？"老东母亲问道。

"她们去娘家过年了。"老东淡淡地说。

"你不喊她们来吧？"他母亲又问。

"喊了，她们不肯来。"老东没好气地说。

老东知道，虽然妈妈平时话语不多，也很少过问到城里的那个家的事情，但到底是母亲，心里没少牵挂着自己的儿子、儿媳和孙女。上次端午节他回家，老东母亲把一双亲手刺绣的鞋垫让老东捎回去转交给正在念初中的孙女圆圆，那鞋垫绣得十分精巧美丽，看得出，母亲对这双鞋垫倾注了十分充沛的情感，老东嘴上对母亲说："你那么大年纪了，还去绣这个干什么？"但心里却对母亲充满了无限的感激，当时差点儿掉下眼泪来。但连老东自己也万料不到，小时候曾经跟着奶奶生活过两年多的女儿圆圆，现在的性格正在变得十分叛逆和怪异，她对爸爸交给她的这双由年近七旬的奶奶一针一线绣出来的挑花鞋垫，看也没看一眼。老东当时气得两眼冒烟，差点儿要对女儿动粗，但他最终还是什么都忍下了，什么也没做，甚至连训斥女儿几句话也没有，而且到上回中秋节他回老家，当母亲问他圆圆喜不喜欢那双鞋垫时，他也只是淡淡地说了一句："喜欢。"母亲还想向他打听细节，他把话岔开了，没再提这件事。

　　"你开车送她们到外婆家去啦？"母亲还在紧追不舍。

　　"嗯。"老东依旧很平淡地应付着。

　　"我还说，要是她们两娘崽来，我就拿一边猪腿给她们带给外婆，我今年养的猪肥，有好几百斤，吃不完……"

　　"现在的猪肉便宜死了，你留着自己吃吧。"

　　新家门前有一个水龙头，水龙头上接出来一根长长的塑胶管，老东打开龙头，用塑胶管冲洗自己的车子。其实车子不是他的，是单位的。但有人问老东："你买车啦老东？"老东就含混地应一声："嗯。"

2

因为开着一个小卖部，老东新家的门口平时总少不了人。有来买东西的，有纯粹来玩看热闹的，而更多的是无所事事的老年人，尤其是上了年纪的妇女，她们来找老东母亲聊天，拉家常。因为村子里年轻人多半都外出打工去了，留下来的中老年人大多都很孤独可怜，她们每天不到老东家门前转一转，坐一坐，就像是没有吃饭一样难受。

老东刚洗完车，身后就传来一个声音："罗东嘛言恩阿。"老东听出，这是二妈照英的声音。她说的是侗语，意思是你回家来啦老东？事实上，她也是盘村目前还在使用侗语的少数几个老人之一了。老东记得，小时候整个盘村基本上都是讲侗语的，直到二十世纪七十年代，村里讲侗语的还很普遍，但自从进入九十年代之后，讲侗语的人就越来越少了。一来是盘村人自己为了让孩子们上好学，读好书，于是都从小教育孩子学习汉语，使用汉语；二来随着出去打工的人不断增多，村里年轻人带回来的外地媳妇也日渐增多了，她们是不会讲侗语的，而随着她们的到来，盘村人讲普通话的人也多了起来，进而把本地人讲普通话的水平也大大地提高了。

"嗯，鸟言啊二妈。"老东也用侗语回答他二妈。

老东的弟媳本来在屋里做饭菜，这时走出来悄悄告诉老东，说这老太婆经常过来混饭吃，你不要邀她吃饭，你只要一客气，她就不客气了。

老东的弟媳是安徽人，也是弟弟外出打工时带回来的。平日里，她的性情倒也活泼开朗，做事手脚麻利，老东一家人都很喜欢她。但她有时也会带着城里人那种与生俱来的势利气质，只有在这一点上，老东对这个弟媳不大满意。"让她吃嘛，她能吃多少。"好几回，老东都这样教育自己的弟媳。"她吃无所谓的啦,就是她搞得很如拉,妈不喜欢她。"老东听到弟媳在说话时居然使用了一个盘村的地方土语"如拉",老东就笑起来了,对这个弟媳的那点儿势利习气的不满也就一下子抹平了。

"如拉是什么意思?"老东记得有一次单位里送他回家的司机这样问过他。

"就是不爱干净,不讲卫生。"老东解释说。

盘村人平时讲三种语言,一种是传统的侗语,一种是盘村地方的汉语,还有一种就是普通话。虽说盘村地方的汉语跟普通话都属于汉语,但其间却有很大的差别,讲普通话无论怎样别腔别调,外面的人一般都能听懂,但你如果讲盘村地方汉语,那外来的人一般就很难听懂了。老东记得弟媳刚来到盘村的时候,只会讲一口带有安徽口音的普通话,但不到一年,她就把盘村地方的汉语操练得滚瓜烂熟了。

老东打开车子后备厢,从里面取出来一些东西,有给弟弟、弟媳和侄女娇娇的礼物,也有给母亲带来的礼品,这是他每次回家都少不了的一道仪式。但这次他回家,还特别带来了两样东西,就是两把折叠的木躺椅,这是他特意从别处乡场买来的,专门给母亲消受的一个礼物。

弟媳要过来给他帮忙,被老东制止了,说你去忙你的,没什么事,又问:"娇娇呢?"

"在楼上做作业,莫喊她。"弟媳说。

"懒子,你过来帮大哥点儿。"弟媳又喊一直在堂屋里打牌,对哥哥的到来充耳不闻的那位当家的男人。但那男人似乎依旧沉浸在打麻将的巨大欢乐之中,没有听到自己女人的呼唤。

老东把椅子展开来,自己躺上去给母亲示范。母亲说:"你去买这个唷，这要花蛮多钱吧。"

二妈照英一直在旁边看热闹，这时也学着老东的模样坐了上去。"啧啧啧啧，这个坐起来本安逸呀白，本赖税呗和习。"她讲起话来，一半汉语，一半侗语。

"这个就是专门买来给你和我妈坐的二妈，你看我买了两把，你们一人坐一把。"老东说。

"搭盖你妈我也得享点福呀白罗东。"二妈照英对着老东说话，但眼睛却看着在屋子里的老东母亲。

屋子里的母亲早已喜笑颜开，先是在里面观看了一阵，然后经不起诱惑走了出来，自己也躺到了另一把木躺椅上，脸上的笑容更加灿烂了。

"姚啦也系牙啦，牙啦兑牙也赖。"老东母亲也跟着二妈照英讲起了侗语。她的意思是，我的崽也是你的崽，你的崽对你一样很好。

老东母亲讲这话，外人听起来可能有些不知所云，但了解内情的人，可能就听出了这话里是还有话的。那就是说，二妈照英自己年轻时候是没有生育能力的，她早年跟自己的丈夫收养了本村一个因产后大出血而没有了母亲的孤儿。两口子对孩子百般宠爱，孩子从小娇生惯养，没少让做父母的操心。后来孩子长大了，人倒很孝顺听话，但也无所作为。几年前她丈夫因病去世，孩子又带着老婆和孙子一起去广东打工，好多年没有回家来，留下二妈独守空巢，二妈内心时常感到孤独无依，没少在老东母亲面前流泪……

"牙年乃言年纪恩二妈？"老东用侗语问二妈照英今年多大年纪了。

"我是癸未年的，大你妈4岁，今年74岁了。"她突然又用当地汉语回答老东。

"看不出呀二妈，你看起来顶多像是30来岁的人。"老东故意夸张地恭维她。但这一恭维未免过于夸张，在场的所有人都哈哈大笑起来。

3

临近三十夜的腊月天，盘村外出打工的年轻人回来了不少。老东家的门口越发热闹起来了。老东家的麻将桌也因此增加到了三张。对于这些小后生，老东大多不认识，但能从他们的相貌中猜测到是某某家的孩子。孩子们却都知道他。

"大爷，你回来啦？"他们跟他打招呼。

"嗯。"老东鼻子哼一声，算是答应了。

"你是老东吧？"一天，老东正和母亲在小卖部前面的躺椅上聊天，突然身后传来了一个很浑厚的声音，老东扭头一看，是一个体形肥胖的中年男人。

"计六！"老东认出这男人是自己的小学同学，也是自己的堂兄弟，赶忙从躺椅上站了起来。

"我们两兄弟有几十年不见了吧。"计六说。

"有十多年了吧。"老东说，"记得那年我带张书记来看公路，你还陪我们喝酒。"

十多年前，老东带着自己在本县当县委书记的一位姓张的同学来到盘村，目的是想要书记拨点钱给盘村修公路。那天村民为张书记的到来杀了一只山羊，设盛宴招待张书记，但最后在谈到修公路的经费时，张书记王顾左右而言他，迟迟没有表达给钱的意思。当场就激怒了时任村委会会计的计六，他借酒发狂，当着所有村民的面，把张书记大骂了一通。那一夜，张书记虽然始终面带笑容，但后来还是连夜赶回县城去了。他之前却是答应了老东要在盘村住上一夜的。

"你胖了。"老东说。

"不晓得是咋个的嘛,我天天做重体力劳动,吃的还是酸菜萝卜,肚子照样一天天大起来。"计六说。

"你现在哪里打工啊?"

"福建。"

"福建哪里?"

"三明。"

"打什么工?"

"修铁路。"

"哦,那不错嘛。"

"不错个屁,累死人,又没有钱。"

"我们村有几个在那里?"

"有五六个。"计六说,"哦,对了,讲到那年张书记来,我想起了一个事情,就是那年我们修公路,把村里的两个庙掀掉了,我当时是村委之一,掀庙的事情还是我带头搞的,但我当时给老祖宗发过誓,说我们并不是真正要把他们掀掉,而是为了修公路,没办法,暂时委屈他们一下,叫他们先搬到公路里边去住,以后我们有能力了,就来修大房子给他们住,但是,你看,这一晃又是七八年了,我对老祖宗讲的话还是没有兑现,不晓得你那里能够想点儿办法吗?"

"你们掀掉的是哪两座庙?"

"你咋个不记得啦?就是地母庙和南岳庙嘛。"

计六说到这里,老东妈妈突然插了一句话,说:

"你们答应了菩萨的事情,是一定要兑现的……"

"我晓得嘛,但我没有能力呀满妈,我有能力我早搞了。"

"哥关他们议论好多回了,也是说没钱搞不起来,我不晓得现在这个社会是咋个搞的,搞什么事情,动不动就讲钱,以前的老人家,修了那么多路、桥、庙,还有家祠,哪里要得了好多钱?人家还不是样样做齐了?!"

"修这两座庙,大约要多少钱?"老东问计六。

"我算了一下,如果能发动村民投工投劳,每家搞点义务工,那么包括买木材买瓦全部加起来也就3000块钱左右。"

老东想了想,最后答应计六说:

"那就搞吧。"

计六喜出望外,大声对老东说:

"我就晓得你有办法嘛,能开那么好的车子,还愁搞不到这点小钱?"

老东笑了笑,说:

"我有屁的钱,我是说,去找找单位想点办法。"

"要是单位肯出钱,那就更好。"计六说。

他又说:

"走,到我家去喝一杯。"

老东说:

"我这里已经搞好了,来,来,到堂屋坐。"

4

事情定下来之后,老东就开始行动起来了。他先去找哥关商量,看看从哪里着手。他心里有数,如果说仅仅是像计六说的,只要3000块钱,那么,他马上就可以全部垫上。但他担心这点钱搞不下来。十多年前,老东曾打算个人出资为村里修一座风雨桥,他把

5000元钱交给了当时的村支书老浩，而且还亲自到邻近的榕江县请来了有名的修桥工匠，以当时的物价计算，如果村民能够投工投劳，这些钱修一座风雨桥足够了。可惜最终没有修起来，原因是村民认为修桥可能只有利于老东一家的风水，不愿意投工投劳。

"3000块，差不多了。"哥关说。

哥关也是老东的堂兄，是村里为数不多的热心于公益事业的人之一，过去一直担任着村里的民兵队长，现在年龄大了些，不知道还是不是。"你还当民兵队长吗哥关？"有一回老东直接当面问哥关。"不晓得嘛，好多年都没有接到上级的开会通知了，但也从来没有告诉我我已经被撤了职啊。"哥关说。然而不管哥关还是不是民兵队长，老东都很尊敬他，也格外信赖他。这不仅是因为哥关一直比较热心于村里的公益事业，而且还因为哥关这人特别善良本分，做事踏实。在这些方面他可能直接遗传了他父亲的性格特点。哥关的父亲原本是文盲，一字不识，中华人民共和国成立前是赤贫的贫农，中华人民共和国成立后担任村里的贫农协会主席，后来又转为担任村党支部书记，一干就是几十年，直到20世纪80年代中期才退下来。因而在很长一段时间里，哥关的父亲是村里的绝对权威。

哥关继承了父亲热心公益事业的特点，自己又多才多艺——哥关会吹唢呐（哥关的爷爷原来是村里最有名的唢呐大师），会做木匠（哥关的儿子胜宁现在也是村里最有名的木匠），还会编织各种竹器，是村里少见的能工巧匠之一。有一回哥关曾向老东打听，说别处村寨有人向国家申报什么非物质文化遗产传承人称号，不仅得到了证书，还得到了一定数额的资金补助，不知道本县本镇有这个讲究不？有的话，就想报一个名。老东当时答应去帮哥关打听一下，但实际上后来因为工作忙，事情多，也一直没有时间去相关部门咨询。

"那我把钱交给你，整个修庙的事情就由你来主持，好不好？"

老东说。

"可以。"哥关说。

在得到了哥关的支持后,老东又马不停蹄地去找村里的地理先生家万,问他新庙的地址选在哪里合适。于是,家万就带着老东和哥关来到公路边选址。家万拿出罗盘,看了半天,最后告诉哥关和老东新庙的位置和朝向。哥关用石头和树枝在新庙地址上做了记号。

当天晚上,计六请老东吃饭,把哥关也叫去了。

"这回我就放心了。"计六说。

"嗯,应该放心。"哥关说。

"来,老东,我敬你一杯酒。"计六说。

"我们两兄弟,不要说敬。"老东说。

"是该敬。"哥关说,"我们村有钱人很多,在外工作的,当官的,都不少,但没有一个像你那样热爱家乡。"

"家乡人人都爱,只是个人的表现不一样罢了。"老东说。

"来,干!"计六说。

老东干了计六敬的酒。接着又干了哥关敬的酒。老东的头就感觉有些晕乎乎的了。老东突然说:"哥关,你还记得那年我结婚,你来给我吹唢呐,最后送我和小庄出村,你还记得吧?"

"记得。"哥关说,"那咋个不记得,这里才过去一二十年嘛。"

"不,快三十年了哥关,我那大崽今年都25岁了。"

"噢?那么快啊,我感觉才去过没有好久啊。"哥关说。

"那年我也在家。"计六说,"那年我还帮你搞灶边。"

"唉,时间过得真快啊!"老东感叹说。

"时间过得是快当,一转眼,我胜豪都差不多快大学毕业了。"计六说。

"你胜豪比老东的胜旺还小点儿?"哥关问。

"小两岁咯。"计六说，"我也比老东结婚晚一年。"

"你那崽现在在哪里老东？我听讲是出国了？"哥关问。

"回来了，在贵阳当老板。"老东说。

"当哪样老板？"计六问。

"卖电脑。"老东说。

其实老东也是瞎说的，自从跟前妻离婚后，他再也没有见到儿子。他并不知道儿子现在的具体情况。

"你们的崽就是有出息。"计六说。

"你那崽都读大学了，那才真叫有出息。"老东说。

"读什么大学，现在读书都是害人的，现在盘崽读书，就等于是自己去吸毒，无底洞，有好多钱都填不满，否则，我这把年纪了，哪里还想去外面打工啃！"计六说。

这一晚，三个同龄的堂兄弟一边说话一边喝酒，都喝得很尽兴。

5

正月初一这天一大早，老东把回家来过年的在外工作的盘村人都召集到家里来喝酒吃饭，顺便跟他们谈起来修庙的事情。

听说老东要出钱修庙，大伙口头上都表示非常赞成和支持老东的这个行动。

"这庙早该修了，修公路拆老庙的事情，我也有份儿，说起来是很对不起菩萨的。"在县交警队工作的老普说，"如果老东把庙修起来了，我就负责找钱来修一座风雨桥。"

"这是好事啊！"在县人民银行工作的老明说，"修庙是修阴积德，这事情大家应该支持。"

"要修庙，我举双手赞成！"多年来一直在江苏打工的老井也说,"而且,我建议由老东牵头,再去跟上下几个寨子的村民化点缘集点资,庙修好后,我们好好热闹一下。"

态度最积极的要数前任村主任老宽,他先是表示强烈支持老东修庙,然后进一步展开想象,说我们盘村就是有人才,我们有水利专家,有银行家,还有人民警察……所以我们盘村没有做不到的事情,只有想不到的事情,以后我们村不仅要修庙,而且还要修家祠,修柏油公路,条件成熟的时候,我们甚至还可以修飞机场……

老宽就是老宽,一生的强项就是善于吹牛。一张利嘴常常令上面下来检查工作的干部们感佩不已。他原来也是老东的同学,跟老东读过小学和中学,但后来没考上大学,一直赋闲在家,他常常跟别人感叹自己命运不济,英雄无用武之地。"我要是也像老东他们那样考上大学,我肯定比他们混得好。"这是他的口头禅。不过,他这话也不唯是吹牛而已。无论是在他主政盘村的时候,还是作为一般百姓的时候,他的语言表达能力都是令大伙儿钦佩不已的。连县里很多单位领导都表示过自愧不如的意思。不过,他的强项是这张嘴,吃亏也在这张嘴上。因为他的许多宏伟计划都总是停留在无限的遐想中,时间长了,大伙儿都厌倦了他,终于在一次选举中把他选下去了。

老东对他的性格了如指掌,就说,修飞机场就暂时不考虑吧,我们看看还是怎么把这两个小庙先修起来吧。

老宽说,这个简单,明天我拿大喇叭一喊,全村在家的男人都拿锄头到公路边来坪庙基。

"噢?你有这个把握?"老东说。

"绝对有把握。"老宽说,"你不要以为我不当村干部就说不上话了,我现在讲话照样管火,比他们几个现任的村委还管火!"

老东笑笑不再说话。大伙儿继续喝酒。第二天,是正月初二,按照盘村地方风俗，这一天恰是女儿、女婿回门拜年的日子，因此这天回来盘村拜年的客人达到了高峰，家家户户都有一大群客人到来。老东心想老宽这回可能又要食言了。没想到，这天一大早，老宽就来村委会喊广播，连喊了三遍，不少村民果然陆陆续续拿着工具集聚到了公路边。老东一看，满心欢喜。赶紧过去跟村民一起坪庙基。

"老东你就不要来做了吧，你来指挥一下就可以了。"有人这样对老东说。

"对，老东，你是拿笔杆握鼠标的人，你已经拿不惯锄头了，你就在旁边指挥我们咋个挖咋个做就可以了。"还有人这样说。

老东很感动，当着大伙儿的面，把3000元钱拿出来交给哥关，说：

"哥关，我两个庙就全部拜托你了。"

哥关先是推辞了一下，说：

"钱莫忙交给我嘛，到要钱的时候再和你要嘛。"

老宽说：

"哥关，钱你收起来，这个事情你就包办到底，不要推辞了。"

大伙儿又你一言我一语地劝说了一阵子，哥关就把钱收下了。

"那就暂时放我这里吧。"哥关说，"不过，只要地基一平整出来，我们马上就要买木头买瓦了，的确是要钱。"

看到哥关接了钱，又看到不少村民都很积极地在挖土平整地基，老东心里踏实了。

这天下午，老东的三个远嫁外地的妹妹也回家来了。还有他的几个上了年纪的姑妈也像是约好似的都一齐回来了。老东母亲的弟媳设盛宴款待。老东和弟弟陪着几位姑妈喝了不少酒。几个妹妹和姑妈听说老东要带头修庙，都很高兴，也纷纷拿出钱来表示要捐点功果。

"到时候莫忘记给我刻一个名字就是了。"她们说。

"不急,等我们修起来再说吧。"老东说。

他心想如果真像哥关说的,只需要3000多块钱,那他就不主张向群众集资了。他深深懂得,这盘江河谷两岸的百姓,要掏出100来块钱来,还真是不容易。

6

刚过完初三,老东就开车返回县城去了。他说还要去外婆家去接她们母女俩。

老东离开盘村后,的确是去了岳父母家。他在岳父母家待了几天,陪孩子的几个舅舅和舅妈打了几天麻将,然后就回单位上班了。一上班,事情就多起来,老东也差不多把修庙的事情忘记了。

时间一天天过去,一晃眼就到了元宵节。老东按常规又要回老家一趟。他还是自己开车回去。当他回到盘村时,他看到修庙的地基跟他离开时差不多完全一样,并没有很大变化。他的心里就咯噔了一下,不知道出什么问题了。

他赶紧去问哥关,到底怎么回事。哥关说:

"怎么回事?你一走之后,村里在外打工的也全部走了,村里人看到别人不来干活,他们也不来干活了,我想给你打电话,又没有你的号码,问你老弟,他也不肯告诉我,我就无法了,这段时间,都是我一个人在做活路……"

老东一听,脑袋就大了。老东知道,盘村人就这德行,说大话的人多,做实事的人少。看来要把这庙修成,还并不那么简单。

老东回到家,就跟弟弟要了村委会大楼的钥匙,亲自开门,打开高音喇叭的扩音器,对全村人喊起话来——

"盘村的父老乡亲们,我是老东,过年的时候,我和村里的乡亲们商量好了,要重修我们村原有的两座古庙,这是大家都一致同意了的,也是全体村民的共同决定,但是,现在真正要动手修的时候,却没有人来做活路……我现在请求你们,凡是在家的,有劳动能力的,都拿锄头到公路边来,我们一起把地基平整了,我相信,只要我们能齐心协力,这两座古庙是一定能够恢复重建的……"

老东仿照老宽的方式,连喊了三遍。半天过去,结果没见一个人出来。哥关说:

"你看嘛,就是这个样子……"

"计六呢?"老东问。

"你走的那天下午他就回福建打工去了。"哥关说。

"那老宽呢?"

"他不是一直和老平他们在做木材生意吗!现在可能也在坡上吧。"哥关说,"他倒是在家,但他在有什么用?他嘴巴倒是说得很光滑,但有哪一回是落实的?"

老东摇摇头,说:

"怎么回事呢?过年的时候,大伙不是都说得好好的吗?怎么现在一个人也不出来干活呢?"

"过年期间,大家都在屋,现在这些人都转回去打工了,剩下在家的,差不多都是老弱病残,没人了。"哥关说。

"怎么可能都是老弱病残嘛,"老东说,"明明还有蛮多劳力在家嘛!挖点土,平点地,要的又不是全劳力,只要没病的,能动的,都可以嘛!"

"问题是,这些人往往思想又落后……"哥关说。

老东要哥关带他去庙基看看。哥关说:"好嘛。"

他们来到地母庙的庙基处,哥关说:"你看嘛,剩下的活路也差不多了,要是有伴,我们半天就可以干完。"

"那这样吧,哥关,"老东说,"这剩下的活路,我们两个来煞搁,你看要得不?"

"那也只有这样了。"哥关说。

他们说干就干,这天下午,老东就陪着哥关挖了一下午的土,手上全部起了血泡。哥关就说,你还是回家休息吧老东,剩下的活路我来搞。

老东叹了口气,说:

"唉,要做成一件事情还真不容易啊。"

"就是,"哥关附和着说,"尤其是做公益事情,更难。"

他又说:

"其实也不难,难就难在钱上,说到底,我们是没钱,要有钱,请一部挖土机来,个把小时就搞好了。"

哥关的话倒提醒了老东。

"是不是村民以为我有钱,所以都期待我出钱来请挖机啊?"老东问。

"是有点这个意思。"哥关说。

老东一下子沉默了。

"那就不修他妈的这破庙了!"老东最后很生气地说,"收活路,哥关!"

7

老东把锄头往自家新屋门边一扔,就气冲冲地去洗车。哥关跟在他屁股后面,嘀嘀咕咕地说着什么。意思无非是告诉他所剩的活路已经不多了,叫他不要灰心,万一找不到人,自己一个人多干两天,也可以干得完。

"在菩萨面前说过了的话,要兑现,要不就不要乱起心……"老东母亲看到老东黑着脸,低着头,摔着锄头,就轻言细语地对老东说话。

她依旧在公路边的新居里守候着一爿小小的百货店。村子本来不大,人少,加上青年人大量外出打工,部分村民为了孩子上学又到城里租房子住,村子就空了,人更少了。她今年70岁了,身体明显不如往年健康、硬朗。看到一头白发的母亲在为自己担忧,老东的火气一下子消去了很多。老东想起自己这么多年来给母亲增添了许多的忧愁,心里就感觉很愧疚。他想起自己大学毕业刚参加工作的时候,母亲和父亲有一次专门进城去看他,跟他住了一段时间,那时候,母亲才40多岁,还穿着传统的侗族服饰,对城市生活一脸茫然……时间过得真快,想不到一转眼,他步入了中年,母亲则老态龙钟了,父亲更是早已去了天堂。

弟弟老平不在家。母亲说他去坡上看木材去了。为了生活,他和几个堂兄弟铤而走险,做起了木材生意,好几次都差点儿被林业派出所的抓走,后来可能是看老东的面子吧,就以罚款处理了之。

弟媳为了侄女娇娇的上学问题,也和村里的许多妇女一样,在城里租起了房子,专门照料孩子上学。不知道从什么时候起,村里的小学被撤销了,停办了,村里的孩子哪怕是上一年级,也要到城里去上。老东对此百思不解,曾几次给县教育局的杨局长反映,问这是怎么回事。杨局长解释说,这是为了合理利用教育资源,让农村孩子也能享受到跟城市孩子同样的教学条件而采取的必要措施。"当然,这是上级的统一安排和部署。"杨局长最后笑嘻嘻地对他说。

"你不要一个人扛,"母亲一边做饭,一边开导他,"以前老人家做这种事情，都是要专门着人去化功果的。"

"对，你妈说的这个也是办法啊！"哥关说，"我原来也想过去化点功果，但我一个人不好意思去，还得再找一个人陪我才行。"

"现在的关键问题不是钱的问题嘛，而是没有人干活的问题嘛。"老东说。

"既是人的问题，也是钱的问题，"哥关说，"有了钱，我们就可以直接请挖机嘛。"

到母亲的饭菜做好时，老东的气基本全消了。他想，其实村民的想法也不错。现在明明有那么好用的机器，为什么还要消耗那么大的人力呢？不就多出一点钱吗？钱嘛，总是可以想办法的啊，如果你老东一个人扛不下来，大家也可以凑份子啊！

老东这样一想，心里就平和了许多。看到母亲做好了饭菜，他就邀哥关一起吃晚饭。哥关大约也是想跟他进一步商量修庙的事，就没推辞。

"叫挖机的话，要多少钱呀哥关？"老东问。

"原来他们来挖公路的时候，是1000块钱一天，但那是天天有活路的价格，如果单独来半天的话，可能要1500块左右。"哥关说。

老东一听，心里就有数了。他想，不就再多拿1500元吗，这个钱他是可以去县里相关单位化缘的。万一化不来，他自己也可以承受——不就是请人吃一顿饭、洗一次脚的价格吗？他老东这些年来为了在工作之外还能再接一点由私人承包的小型水利工程，可没少花这种钱啊⋯⋯想到这里，老东暗下决心，决定无论如何也要把这庙修起来，免得让盘村上下的人看他笑话。

当天晚上，老东连夜赶写了一份跟县里各单位要钱的报告，然后带上盖有盘村村委会公章的几份空白信函，第二天一早离开盘村，赶往县城，让本单位办公室的赵学知主任把报告打印出来。

赵主任拿着报告看了一会儿，问：

"要几份东局？"

"十份。"

"抬头都写哪些单位？"

"民族局、教育局、文化局、交通局、建设局……"

"金额只写5000元是不是少了点？"

"不少。"老东说，"他们每家单位要是能给我2000元我就谢天谢地了。"

老东所欲递交报告的这几家单位，一是跟他这个项目多少可以扯上些关系，有理由要钱；二是这几家单位的领导他都比较熟悉，平时没少和他们在一起打牌、吃饭、洗脚什么的，所以老东心里感觉把这事情办下来应该还是有相当把握的。

"就算他们一家给我1000块吧，我也有1万块了。"老东心里嘀咕道，"要有这1万块，我请什么样的挖机也可以了。"

8

一天周末，老东把几个收到了要钱报告的单位的领导请来吃饭。地点安排在县城最豪华的"木楼人家大酒店"。"有什么好事呀东局？"那几个接到电话邀请的局长、副局长问。"来了就知道了。"老东笑着对他们说。"是不是又娶小的了？"他们开他玩笑，老东依旧笑着说："我倒是也有那贼心，也有那贼胆儿，但却没那实力。"又说："来吧，你们就放心过来吧，不会要你们命的。"

除了建设局的吴局长没来，其余几个单位的领导都来了。大家都落座后，老东就直接开门见山地说："今晚请大家来，有两个意思，一是大伙儿好久不见面了，我老东想念大家，特意请大家来叙一叙，款点门子，这是第一个意思，也是今天晚宴的绝对主题，注意，我讲的是绝对的主题；二是我老家盘村最近在修一座庙，还欠点资金，我们村已经把报告交到各位领导的手上了，我想请大伙帮点忙，多少支持一点……但我先把话讲清楚，这一餐饭可不是什么鸿门宴，支持不支持，全靠各位自觉和自愿，实在有困难，我也不为难各位，反正我向各位伸手的也就那么一点钱，大家看着办吧，怎么样？来，先干一杯再说，好吗？"大伙都把手中杯子举起来了，但都不说话，冷场半天，教育局的杨局长才开口说："还说不是鸿门宴，明明就是嘛。"大伙都附和着说："就是嘛。"老东说："你们看那报告咯，就只要求大家给5000块钱，是吧，这点钱对大家来讲，就那么困难吗？"

"困难倒不困难，问题是师出无名啊！"交通局的孙局长说。

"怎么师出无名？我们那庙就是你们交通局修路的时候拆掉的，你当时也答应村民，说等以后路修通后给村民重新修复，你说有关系没有孙局？"

"我操！"孙局说，"我给你们村修路还有罪了！他妈的当初如果不是看在你老东和老普的面子上，我们又怎么可能把全县的第一条'村村通'项目公路给你们村呢？！"

"修公路的事情，我可没有少感谢你啊孙局，你们拆那两座庙，你知道我没有怪罪你的意思。"

"那你是什么意思？"孙局故意抬杠说。

"东局我明确跟你讲，我们朋友归朋友，但你这个报告我是不可能给钱的。"民族局的龙局长说。

"为什么？"老东问。

"为什么？难道你不知道国家是不支持搞封建迷信的吗？"

"修庙是封建迷信？我还是第一次听说啊龙局，我只晓得全国各地的庙宇一般都是著名的旅游景点和文物保护单位,而且国家一般也都有专门的资金来支持保护和维修什么的……"

"各位领导先不扯这个吧,先喝酒好不,大伙儿?"老东办公室的赵主任说。这一桌饭是老东叫他安排的。

"来,我先敬大家一杯。"老东说。

大家倒是都把酒都喝了,但还在议论,有的说,这事得回去跟局里别的几位领导商量一下再说,有的说5000块可能没有,一两千元应该没问题……老东听了,心中暗喜,觉得这就是他需要的结果——反正他早想好了,拿不到五万,拿到一万,修庙的钱也够了。于是他满心欢喜地邀大家喝酒。喝完酒又请大家到木楼宾馆六层的歌舞厅里唱歌,唱完歌又安排大家到洗脚城洗脚,最后在凌晨两点又回到木楼人家宾馆开房打麻将,一直打到第二天早晨七点半钟,大家才散去上班。这一晚,老东花掉了不下万把块钱,自己还输了五六千块钱。

第二天清醒过来,老东就开始后悔了。隐隐约约感觉到自己可能做了一件蠢事。但也还在期盼和指望。心想如果各位局长最后能把那一两千元钱打到盘村的账上,这个事情也就不算很亏,反正自己单位的钱是不可能直接拿出来给盘村修庙的,花几千块钱请他们吃饭、娱乐,本来也是常有的事情,以前没有请求他们帮忙的时候,也没少请过他们,这次就算是让他们欠下一个人情吧。至于自己输掉的麻将钱就更是无所谓了,一个县城本来也只有那么大,科局级干部也就那么多,经常打牌的人,转来转去都会撞着的,下次再打,说不定就可以把输掉的全部赢回来……如此一想,老东稍感心安了一些。

但是,到了三月底,老东反复给各位局长去了几个电话,大伙儿的态度似乎都不明朗,除了教育局的杨局表示到庙修成后他再去祝贺，到时候以贺礼方式给个一两千之外，其余都哼哼唧唧地表示有困难，老东这才彻底绝望了，也不再指盼这笔钱了。

9

清明节的前一天，老东自己又开着单位的车子回到老家盘村。当他的车子路经新庙的地基处时，他看到路上有不少新石头把路给挡住了，就下车来搬石头。搬的过程中就听到路坎上有人在挖土。

"是哥关吗？"老东朝路上喊。

"是我啊，你是老东吧？"路上的回答说。

老东就把车停在路边上路坎去看望那个挖土的人。

"就你一个人？"老东问。

"找不到人嘛，一个二个都忙，现在都开始搞秧地田了，更是没人来帮我了，原来老晏答应要来帮我搞几天，我找了他几回，他都答应好好的，但就是不见人来。"哥关说。

老东从荷包里摸出一包烟来交给哥关，问：

"还差多少活路？"

"这个庙倒不欠哪样活路了，我一个人再搞个一两天，也可以搞完，问题是上面那个南岳庙，因为土质比较松，要挖的土方较多，我一个人恐怕搞不来。"

"那咋办？"老东一边给哥关点烟，一边问道。

"尽量邀伴来搞，实在不行，我们就请挖机来挖。"哥关说。

老东看着哥关，半天不说话。他不想告诉他在城里要不到钱的事情。抽完一支烟，他拿起镐子挖起土来。说是土，其实都是软石头，并不好挖，一镐下去，双手发麻，土却没有挖起来多少。

"你莫搞，"哥关说，"让我来。"

老东把镐子交给哥关,就让在一旁看他挖。

哥关一镐一镐往下挖,同样挖得很辛苦,吃力。

"明天我还是去喊几个人来帮你吧。"老东说。

"喊得来也好,喊不来我自己慢慢做,没事的。"哥关说。

有车子过路,可能是老东车子留的车位不够,挡住了,老按喇叭,老东就告辞哥关,下坎去让车,然后就直接回家了。

和往常一样,老东的车子刚到家门口停稳,弟媳和侄女就跑过来帮他搬运行李。弟媳本来是想坐老东车子一起回家的,但因为马上要过清明节了,家里有很多活路要做,就提前两天回来了,侄女也跟着她一起回来。妈妈还在厮守她的小百货店,此时正在躺椅上打盹儿呢。弟弟依旧不在家,弟媳说,他跟着老宽几个人上山砍木头去了,还没回家。老东从汽车后备厢里拿出一个塑料水桶,交给弟媳,说:

"这是两只甲鱼,你把它红烧了,多煮点饭,晚上我要请哥关吃饭。"

"又请他,如拉死了!"弟媳说。

老东狠狠看了弟媳一眼,弟媳就不说话了。

"娇娇,"老东说,"帮我把这个箱子拿到楼上去。"

娇娇当真过来帮老东提箱子。娇娇知道,箱子里面是电脑。娇娇对电脑很感兴趣,但她没有电脑,只有当大伯父回家来时,她才可以用大伯父的手提电脑玩一下。

"你回来啦。"母亲醒过来了,走过来跟他打招呼。

"嗯。"他应了一声,交给她一包药。

"是哪样药?"母亲身体一向不错,很少吃药,但老东还是经常给她带回一些常用药,比如感冒药、止痛药、止泻药之类的。

"治风湿的。"老东说。

母亲有慢性风湿病,很多年了,时好时坏。因为上次回家时母亲叨念说脚关节有点痛,老东以为是母亲风湿病发作了,就一直把这事放在心上,这次回家就专门去医院开了点治疗风湿关节痛的药带来。

待老东把车子后备厢里的东西都卸下来,天色也差不多暗淡下来了。这时老东看到还有不少人在门前不远处的田坝里做稻秧育苗。夕阳早已从山那边坠落,但天幕上依然有淡淡的彩霞,透过霞光,可以看到逆光中的田野上,人影憧憧,景象美丽,老东顿时记起这是小时候常见的一幕生活景象,心头于是涌上来一种特别的暖意。

他站在自家新居楼房门前打量了好一会儿,最后干脆信步朝着田野走过去,并不时跟在田坝上劳作的人们一一打着招呼。虽然好多人他都不认识了,但那些人却是都认得他的。当好几个孩子怯生生地叫他"大爹"或"大公"的时候,他一下子意识到了岁月的沧桑和无情。

10

天色完全黑暗下来时,弟媳的晚饭已经做好了,弟弟还没有回家,但哥关恰好扛着锄头和撮箕赶到了。老东招呼他进屋吃饭。哥关还有些不好意思,说:"饭我就不吃了,我还得回家准备点明天上山的东西,改天吧,好不好?"老东一把拉下他的锄头,说:"别啰唆,快进屋。"又低声说:"有好菜,我们两弟兄今晚好好喝一杯。"哥关就不再坚持了,跟着老东进了屋。

"那么晏了,你还去准备哪样东西啊?"老东母亲问。

"刀头总要准备两块吧,还得再搞点醮粑吧。"哥关说。

"那个有大嫂管,我们不管。"老东说。

"我还是要回家一趟,"哥关说,"一来我去交代你大嫂几句,二来我去拿修庙的图纸给你看看。"

"你画得有图?"

"画得有嘛。"

"那你去吧,快点儿转来,不来菜就凉了。"

老东把哥关送出门口,又一次嘱咐他早点儿过来。哥关说最多不超过十分钟。

老东正准备转身回屋,远远看见公路上迎面走来一个人,定眼一看,原来是二妈照英。

"牙嘛牙嗯侬啊?笨奴透哦?"她老远就跟老东打招呼,说的还是侗语。

"噢,二妈,牙拜鸥?"老东也用侗语回答。

她问老东什么时候回家的,老东则问她去哪里。

"来同你妈借钱啊!"她说。

"你老勇在外头打工那么多年,你还没有钱?"老东说。

"钱有,"二妈照英说,"天黑了,难得去取了,现在要用点现钱……"

老东每次回家,都要给妈妈留几百块钱。但妈妈平时很少用钱,送给她,她也都放在箱子里,没有花出去,但也没有拿去存银行或信用社。所以老东知道妈妈是有现金的。但他没想到,他留给妈妈的现金其实还有给乡亲解燃眉之急的用途。

老东母亲从箱子底翻出钱包,把钱数给二妈照英。老东跑到厨房帮弟媳端菜。弟媳说,这老奶又来混伙食了。老东很不高兴弟媳这么说话,就说,人家都70多岁了,又是一个人在家,就算来吃你一顿饭你计较什么?更何况人家还不是冲你这顿饭来的……"如拉死了!"弟媳又搬出她的理由。老东不理睬她。回到堂屋,挽留二妈吃饭再走。二妈死活不肯吃,老东以为她是假意推辞,就一个劲儿拉她。没想到,二妈还真不想吃,说家里有急事,没空吃。老东只好松了手,让她走。

二妈走后,老东问母亲二妈来借钱干什么。

"老昆带婆娘来屋,她打发人家新媳妇点钱。"母亲说。

"哦!"老东恍然大悟。他知道,老昆是二妈照英的堂孙子,也在外面打工多年了。

饭菜全部上桌后,哥关准时拍马赶到。老东打开酒壶,给哥关倒酒,也给自己和妈妈各倒了一小碗。

"来,哥关,你辛苦了!"老东说。

"我不辛苦,"哥关说,"喏,这个图纸,你看看要得不?"

哥关喝了一口酒,把碗放下,然后给老东展示他描画的两座庙的设计图。

老东一看,图纸描画得很细致,也很规范,心中不由暗暗吃惊,就问哥关是怎么画出来的,是不是参考别人的图纸。哥关说,没有参考,全是自己想象的。"我都想好多年了,经常做梦都在想这个。"哥关说。

看着哥关的图纸,老东对哥关的才华充满了无限的敬意,同时也对这两个庙的修建更有信心了。"地基还差多少活路?"老东问。"如果有伴,几个人搞半天就可以了,"哥关说,"但我一人做,搞两三天也可以搞完。"

老东说:

"来,哥关,我敬你一杯!"

哥关说:

"我们两兄弟,就莫讲敬了,来,喝。"

又说:

"明天我去邀老晏看看,他可能有时间。"

老东问:

"老晏还做得活路?"

哥关说:

"做得,还凶得很。"

两年前,老晏也是去帮人家撬岩石修房子,不小心从三十多米高的悬崖上摔下,肠子断成了九节。他被拉到县医院那天,恰好老东的母亲也因为发烧感冒住进医院,老东顺便去看了一眼老晏,还以为他活不过来,没想到他居然又可以做活路了。

"他有电话没?要不,喊他来一起喝一杯?"老东征求哥关的意见。

"算了,太晏了。"哥关说,"我明天去喊他。"

正说着,老平骑着摩托回家来了。哥关招呼道:

"我们吃饭丢你啦。"

老平说:

"快吃,我洗一个脸就来。"

老东母亲很挂牵老平,站起身来要去给老平打热水。老平制止了她。老平说,你吃你的饭,我各自己来,你莫管我。

老平是她最小的孩子。她经常对人说,老平到五岁了还吃我的奶,老平要对我不孝顺,雷公都不会宽恕他。其实老平对她很孝顺。平时都把她像菩萨一样供着。

11

第二天是清明节,盘村人按照传统家家户户都上祖坟山挂亲。

这天恰好飘着一点毛毛细雨,村人戴斗笠的戴斗笠,打伞的打伞,披塑料雨衣的披塑料雨衣,男男女女,老老少少,红红绿绿,浩浩荡荡地往祖坟山上奔去。

老东跟着母亲、弟弟、弟媳和侄女一道去上坟。一路走,就一路跟村人打招呼。这时候,老东发现,村里的男劳力其实还有不少,并没有完全都去城市打工。但他想不明白,为什么那么多人在家,居然没有一个人愿意出来跟哥关一起修庙?

先上的第一座坟,就是老东父亲的坟。老东父亲是在十多年前去世的,那时候老东还在一个边远的乡镇工作,那时候盘村不仅没有通公路,而且还没有电话。父亲患脑溢血突然倒下之后,老东弟弟立即跑到离家15公里的乡场上去给老东打电话。老东接到电话就火速往家里赶,但还是赶不上阎王的速度。当老东还在路上奔跑的时候,阎王就抢先一步把老东父亲的命勾掉了……那么多年了,老东一直很懊悔没能及时挽救父亲的生命,也经常谴责自己的无能和不孝。老东父亲生前是个非常热心公益事业的人,修桥补路是他经常做的事情,他还略懂草医,曾用祖传秘方救治过不少村民。他因此也德高望重,在地方上极有威信,不少人家的孩子都来拜他做"干爹"。

老东刚走到父亲的坟头,就看到已经有人提前来拜祭过父亲了。老东正要问母亲是咋回事,母亲却主动轻声叨念起来了,说盘村下面的石磨寨,是昨天挂的亲,你爹在那里有不少干崽,他们昨天就来给你爹挂亲了。老东心里就很感慨,心想如果父亲现在还活着的话,修这座庙就不会那么困难了。

同在县城工作的老明和老普他们也开车回家来了,但他们并不像老东那么悠闲,他们挂完亲,就立即打转回去了。老东没有机会跟他们进一步协商如何修庙的事情。

老东其实也不悠闲,还在昨天晚上的时候,老东就接到了办公室的赵主任打来的电话，说局长通知，下午要开会，请老东按时参加。老东答复说，我家里有点事，下午不能赶到，请代我请个假。赵主任说，那你自己跟局长说。老东当真给局长打了个电话，扯谎说母亲病了，暂不能返回单位。局长倒也没有为难他，只说如果没有什么大事，就尽量赶回去。

到中午，天气转晴了。挂亲的人们也都陆续从山上返回，吃午饭的吃午饭，干别样的干别样。老东弟弟老平问老东什么时候返回县城，老东说，还不确定，但起码要等庙基搞好后才回去。老平就说，那你就去找人搞吧，我送她们两娘崽回城里，娇娇明天要上学。老东本来想说点什么，但看弟弟的意思，这事情就这么定了，他也就不再说话。老平就叫她们母女俩收拾东西上他的摩托车，走了。

老东只好跟着妈妈一起吃午饭。

"我还以为你今天要回去……"老东母亲说。

"我明天走。"老东说。

午饭过后，老东就到村里的广播室用大喇叭再次请求在家的村民下午到公路边集中，大家再出一两个小时的义务工就可以把两个庙的地基平整出来了。老东说得很恳切，也很激动，老东说，以前我们盘村，有家祠，有庙，还有十几座石孔桥和几十座木桥，都是老祖宗们自己动手修建的，从来没有依靠政府，也没有得到外面的任何资助，你们去看桥头上残存的那些石碑，那上面讲得清清楚楚，为什么我们现在修两个小庙就这么困难呢？我们如果连这两座小庙也修不起来，我们将来还有什么面目去见我们的祖宗？

老东喊过广播，就跟着哥关来到公路边开始边挖土方边等人。老东开始以为他这一喊，至少会有几个壮劳力出来帮他和哥关，因为上午他跟很多人打过招呼了，不看僧面看佛面，那些人知道是他老东在喊，总会给他一点面子的——老东虽然在县里没当什么大官,但村人大事小事总还是要去找他帮忙的。比如去年秋天村里有几个村民因为砍伐木材超标被林业派出所拘留了,村里人就没少往他家跑,电话也是一个接一个地往他家打,打得他夫人都闹着要跟他分手了,但后来还真是通过老东去疏通关系把那几个村民释放回来了……像这样的事情,老东可没少操心——但老东没想到,喊过广播半天后,并不见一个人到来,老东就彻底绝望了。

老东跟哥关挖了一会儿土,手上又起水泡了。他看着手上的水泡,心里又荒凉又焦急。哥关劝他别挖了,说所剩活路已经不多,他一个人干,最多两个半天就可以干完。老东就说,那你先在这里顶着,我再去喊一次广播。

老东来到村委会办公楼,径直走向广播室。他心里想好了许多的话,想好好跟村民讲一讲,但打开广播之后,他突然什么话也说不出来了。偏偏这个时候,他的手机又响起来了。他一看,是局长的电话,局长问他能否回去开会。老东说,暂时回不了,请局长务必关照。局长说,没事,你好好把事情处理清楚,搞完就赶紧赶回来。老东放下局长电话,内心更加焦急了,头脑里只有一个念头就是必须马上把平整庙基的事情落实。他站在广播室内略微思索了片刻,随后拿起手机给弟弟老平打了一个电话。他问老平,哪里有挖机?原来你们请来修公路的挖机是哪里的?老板是谁?电话是多少?老平说他在开车,他得停车下来查看一下,等会儿再答复。

老东神情恍惚地从村委会广播室走出来,这时候他看到自己家门口站着几个人,都拿着劳动工具,老东走近一看,有二妈照英,有满爹万银,有老晏、老佩,还有成本两娘崽……老东一看到他们,眼泪就再也抑制不住了,哗啦啦一下子流了出来。很难说老东是为了什么而流泪,但显然,眼前到来的人是令他意想不到的——二妈照英已经年过七旬了,而且,因为没有生育能力,男人又死得早，多年来在村里是没有任何地位的；满爹万银是一个单身汉，而且患有精神病，在村里也是神神道道的，从不被人看得起；老晏和老东是小时候的玩伴和同学，只因没考取学校而与老东拉开了生活的距离，老晏人倒没什么毛病，但个子比常人矮很多，也是一大缺陷；老佩从小瞎了一只眼，是个残疾人；成本是个超级胖子，他妈妈则是村里最老实、最没文化、连汉语也说不来一句的典型的传统农妇……

老东把他们带到公路边的庙基处，让他们和哥关一起把地基平整出来。老东安排完毕，就自己驾车去镇上买菜，说晚上要好好请这几个来干活的乡亲吃一顿饭。老东母亲说，你要买就买熟菜，我一个人做不了。老东说，妈，我晓得，你放心，我心里有数。

他刚发动车子，就看见路边有一个年轻人在跟他招手，他以为那人要搭他的车去县城，就打开车门，说："我不去县城，我去镇里。"

那年轻人说："大爹，我是胜高呀，计六的二崽呀。"

老东走下车，问："计六的二崽，你不是还在学校读书吗？"

"我不读了大爹，读书那个是我大哥，我现在和我爸爸一路在福建打工，我是挂亲特意请假回家来的，我爸爸有一样东西要我交给你。"那个叫胜高的年轻人说着，就把一个信封交到老东手上。

"什么东西？"老东一边打开信封，一边问。

信封里装着一千元钱，还有一封信。信上说："老东，春节时我从娃崽的外婆家拜年回来，你已经走了，我决定拿一千块钱给你修庙，钱不多，但我挣得可不容易，算是我捐的一份功果钱吧，你记得在碑上记我一个名字就行，钱我叫胜高亲自交给你……"读完信，老东突然感到内心压抑得很，他想找个地方大吼一声，或者大哭一场，但一时也找不到地方，只好强作镇静地对面前的孩子说："好的，你告诉你爸爸，钱我收到了，你就说我非常感谢他，我会在石碑上刻他名字的……"

12

老东刚把车子开出村子，就接到文广局陈局长打来的电话。他问老东在哪里。老东说在老家盘村。陈局又问，在干什么。什么时候回来。老东说，在修庙，这两天暂时不回城，请问陈局长有何吩咐。陈局长说，哪里敢吩咐你啊，我是说，你要是在县城的话，晚上就请你赏脸出来接见我们一下，交通局的孙局和民宗局的龙局都说很想念你，想请你过来喝一杯。老东说，太抱歉了，我今晚恐怕赶不回来，明天吧，明天怎么样？陈局说，你那庙还没修好吗？老东说，你们当领导的都不支持，我们老百姓咋个搞得起来唷。陈局说，对不起啊东局，这事我帮不上忙。老东说，没事的陈局，这次帮不上，下次再帮嘛，噢，对了，我正有一个事情想请教你，我听说你们那里有一个申报什么非物质文化遗产传承人的项目吧，我们村有一个人想要申报，请问怎么申报啊？

"什么人啊？"

"就是一个什么都会做的人，修桥、造房、吹唢呐、拉二胡、吹笛子、做木匠、编织竹器、画画……样样都会，而且，都精通……"

"你吹牛吧，哪有这样的人啊，要有的话，你们镇里不早报上来了？"

"真的陈局，我不骗你，要不，你亲自下来看看，好吗？"

"如果真有你说的这种人，那我真是要来的啊，否则人家就会告我失职啊。"

"那你就过来吧，要不这样吧，你干脆把孙局和龙局也一起邀请过来好吗，我这就去准备晚饭恭候你们，从县城到我家，也就一个多小时，你们也下来透透气，欣赏点田园风光吧，好吗？"

"好吧，我跟他们先联系一下。"

老东刚关掉电话，铃声又响了，是弟弟老平打来的。

"你记一下，挖机老板姓秦，电话是……"

"不用了，我们已经搞好了……"

"什么？搞好了？你是说庙基平整出来了？"

"对。"

"怎么那么快啊？"

"哥关喊到了人，人多，一下子就搞完了。"

老东合上电话，然后双手握紧方向盘，加油往镇上跑去。此时夕阳西下，斜射到盘江河谷两岸的田畴上，照得那刚灌满了春水的水田一片金碧辉煌，老东看见有人在水田里做秧地，那劳作的身影十分美丽，老东心里顿时升起一股暖流，他觉得自己能出生在这样山清水秀的地方，实在是上天赐予的一种特殊福分，因此他希望自己能好好珍惜这种福分，一来要尽情享受故乡给他带来的种种美好或不美好的生活记忆，二来也希望自己能在有生之年多为故乡做一点儿力所能及的事情，以报答故乡山水和土地对自己的养育之恩……

车子拐过几个山弯，前面就是柏油路面了。事情出现的转机，使得他的心情一下子变得舒畅起来。但他不知道镇上会不会有菜卖，或有什么样的菜卖。他想，如果陈局他们真下来的话，那就不是几只土鸡就可以打发的了。

2010年5月24日于内蒙古呼和浩特可汗宫大酒店

老　鸹

1

天刚蒙蒙亮，老东母亲就起床了。

她坐在床上窸窸窣窣地穿了大半天衣服，然后像往常一样起身下床，又弯腰弓背从床底下拿出尿盆，再打开门闩，迈着细碎的步子，踢踢踏踏地走到堂屋那儿，准备打开堂屋的大门。

几声清脆的铁质门扣响过之后，那道高大的木门终于打开了。

一阵冷风立即扑面而来，让老人顿时感到了寒凉。

时令已是初冬了，一切庄稼早已收拾进屋，田野里空荡荡的。门前的公路也没有车子经过，此时就像一条柔软的绸缎带子一样，安静地铺陈在田坝上。

浓雾笼罩着整个盘江峡谷，周围和对面的木楼人家都一概看不到影子，仿佛消失了似的。

老东母亲拎着尿盆走到马路对面新修的厨房门口，又窸窸窣窣地掏出钥匙开了半天的门，然后径直走到厨房最里端的厕所里，把尿倒入陶瓷便池内，又按了一下抽水马桶的开关，把她昨夜留下的

"遗产"冲走了。

她又打开水龙头，放上一点洗衣粉，把尿盆冲洗了好几遍。

她顺便在厕所边上的卫生间里洗了个热水脸。

一只黄色的小猫殷勤地叫唤着走过来蹭她的裤脚，那样子显得特别乖巧可人。她含混地对小猫说了一句什么话，就好像是跟自己的孩子对话一样，却搞不清她到底是在表扬呢还是在责骂。

洗过脸之后，她从冰柜里取出一盆已经剁碎了的猪蹄来，打开电磁炉，用文火慢煮。

猪蹄是小儿子进城前帮她剁好了的。他知道她没力气再剁这么坚硬的东西。"你吃得好多就煮好多。"小儿子交代说。

小黄猫闻到肉腥味，又来她脚边叫唤。她扔给它一块碎骨，说："你一天到黑只想吃好的，哪样都不能帮我，你想吃肉，不晓得自己去田里抓老鼠啊！"

当她重新出现在堂屋那儿时，天空似乎比先前起床的时候明亮了很多，但屋子里还是显得十分昏暗。

她拉开了堂屋的电灯开关，屋子里顿时亮堂了许多。但她随即又拉了一下，把灯关掉了。她脑子里总是想起小儿子的抱怨，说最近电费又涨价了，每个月光交电费都要不少钱。

她把尿盆重新塞入床底。然后直起身来坐在床沿边休息了一会儿。这时她突然感到有些心慌。她很不喜欢这种心慌。

"闯鬼了吧！"她自言自语。

她从条桌的抽屉里找出一些药来，就着温水瓶里的温水，先把药吃了。

这是她一天中最重要的一件事，也是她每天的功课。她今年七十八岁了，最近几年身体一直羸弱多病，几乎全靠药物支撑。

但接下来她不知道自己该做些什么。要是在几年前，在她身还硬朗的时候，她有做不完的事情，剁猪菜、煮猪潲、放鸡、养鸭、劈柴、洗衣、做饭……而在更早的年份里，她每天早晨最大的活路，则是舂米，如今想来，那真是一件既费体力又费时间的活儿……在她的印象中，她这一生，除了生病的日子，她几乎就像一部机器一样终年都在高速运转，从不停歇。但是，在最近几年，这部机器的运转速度终于还是减慢下来了，甚至几近于停摆。她甚至都想到了后事。有几回，她在有意无意间，给自己最小的儿子讲到了她百年后的一些安排，比如墓地的选择，还有衣服的穿着之类。小儿子虽然骂了她一句"你莫又发烧了吧"，但心里还是很清楚，母亲可能距离那个日子真的越来越近了。

她又打开了一扇门。那是从堂屋通向隔壁小卖部的门。她本来的想法，是想像往常那样去把小卖部的门打开。但她很快意识到今天起床的时间太早了，那么早开门也不会有人来买东西，于是她犹豫了一下，又把门关上了。

她折回堂屋，习惯性地打开了电视。

电火桶的开关也被她打开了。她脱鞋坐了上去。刚打开的电火桶并没有热气。她冷得几乎缩成了一团。

小黄猫推门进来，对她叫唤了一声。

"我走到哪里你跟到哪里，又不会关门！"她对小黄猫说。

门口响起了一阵"突突突"的汽车发动机的声音。她知道，那准是村人老归的车。老归高中毕业，没考上大学，自己跟爹妈要钱买了一辆面的跑客运，不知道赚没赚到钱，但辛苦却是实实在在的，她看得见，老归每天一大早就来到她家门口停车等客。

她走下电火桶，打开大门往外看，果然是老归的车，正停在小卖部的门口。

"今天赶场哪儿老归？"老东母亲问。

"今天不赶场满妈。"老归说。

"那你要去哪里啊？"

"盘磨学彦的老者不在了，哥元他几家要包我的车去帮忙，我来这里等他们。"

"学彦的老者死了？"尽管她知道那老者卧床很久了，而且年纪已经超过了九十岁，在当地算是罕见的高寿了，但因为最近总是接连听到有老人去世的消息，她还是感到有些吃惊。

"是哪天上山啊？"

"具体哪天我不清楚，等下你问哥元吧……拿包烟给我，满妈。"

老归还说了些什么，她听得不大清楚，因为那车子不熄火，发动机的声音一直很吵。

她从柜台里拿了一包黄果树烟递给老归。老归经常来跟他买烟，她知道老归一般只抽这种牌子的烟。

"我门都还没开。"她自言自语，像是有点自责的意思。

话虽这么说，但她还是没打算打开小卖部的门，毕竟时间还太早，深秋的浓雾又把天空笼罩得昏天黑地的。

老东母亲在门口站了一小会儿，觉得风大天凉受不了，自己就不自觉地退回堂屋，重新坐到电火桶上去了。

"九十多，也该走得了。"她自言自语，说的是学彦老者的事情。

也不晓得过了多久，她感觉似乎听不到门口有汽车发动机的轰鸣声了，就再次出门来看个究竟，却连汽车的影子也看不到了，她真不明白老归和哥元他们是什么时候走的，居然走得悄没声息，连招呼都不打一个。

"走了他们？我这耳朵难道真的背得弄个老火了？"她又开始自责了。

最近几年来，她觉得自己老得太快，首先是身体的健康状况每况愈下，一切都大不如从前，然后记忆也出了问题，很多非常熟悉的人叫不出名字，很多刚刚起意要做的事情转眼之间就会忘掉，想大半天想不起来。最要命的是，给人家找零老找错，不是多退就是少补，让孩子们很不放心。

按说哥元一家人来到门口上老归的车，要闹出很大的动静，但她居然一点声音都听不到，这使她对自己身体的现状和未来更加忧虑了。

不过，想到大儿子老东今天要回家来，她很快又恢复了精神。

老东是在昨天晚上打电话跟她说要回家来的。老东在电话里直接问她身体是不是不大舒服。如果不舒服，他就来接她进城住院。她含糊其词，说身上有点发烧，脑壳有点晕，但不必住院。老东就说，那我明天回家来看你。

她一生共生养了三个儿子和三个女儿，如今都成了家，连最小的女儿现在都已经是三个女儿的母亲了。

大儿子老东当年考上大学，毕业后被分配到县城水利部门工作一直到现在，算是找到了一个铁饭碗，从工作方面来说，这似乎是最让他放心的一个了。但老东先前婚姻出了问题，离异后儿子判归女方抚养，现在老东虽然已重新结婚成家，但夫妻二人感情一直不是很稳定，这也实在让她伤透脑筋。

二儿子和三儿子当年不肯读书，只读完初中就卷铺盖回家了。二儿子后来举家到广东打工，一去不返，已经很多年了，极少回家，只偶尔来电话问候。

她的三个女儿都不读书，也老早就先后嫁人了。虽说嫁去的地方距离盘村都不近，但几个女儿都还算孝顺，先前逢年过节总会回来看望她，若是听到她身体欠安的消息，那就会立即放下手中的活路，马不停蹄地赶回盘村照料她。

但如今除了大女儿还在老家留守外,其余两个女儿也都跟着各自村里的打工人群南下广东很多年了,就算对她有孝心也鞭长莫及。

现在她跟着小儿子一起生活。父母跟满崽过,这本来也是盘村地方的传统。但小儿子为了解决两个子女读书的问题,日前被迫举家到县城里租房子暂住,也很少回家,家里就只留下她独守空巢了。

几天前,小儿子骑摩托回了一趟家,她就跟小儿子抱怨,说你们一个两个都跑得远远的,我要死在屋里,恐怕臭了你们都不晓得。

小儿子笑着说,妈你说话太夸张了,我这才去几天你就……但她说的其实并不夸张,她说她有一天突然感到胸闷头疼,就打电话给小儿子,结果电话打不通,她接着又打了其他几个子女的电话,居然无一例外全部无法接通。她几乎慌了神,以为老天爷真要来收她的命了。

小儿子大约把母亲身体欠安的消息告诉了大哥老东,所以老东才打算回家一趟。

一接到老东电话,她就有些后悔了,觉得自己真不该夸大病情。子女们都忙于生计,没有必要为她这点小毛病来回奔波。

但听说大儿子要回来,她又显得异常兴奋,所以老早就起床了。

其实老东是经常回家来看看的。毕竟县城距离盘村不远,老东自己又有车,他三天两头往家里跑。

尽管这样,她还是非常想念大儿子老东。

应该说,她的几个子女对她都很孝敬。但相比之下,老东似乎更懂得疼爱自己的母亲一些。这倒不是因为老东有工作,钱稍稍多给她一点的缘故,更主要的是老东很懂得关心和体贴老人,只要来家,老东常常跟母亲彻夜长谈,仅此一点,即是其他子女所无法比拟的。

"我这崽啊,从小就这样。"她逢人就说,内心里很自豪。

2

　　晨雾慢慢上升，飘散，天空也渐渐明亮起来。

　　河对面正在修房子的人家也开始弄出响声来了。但大雾还是把什么都遮住了，房子和人都只能看到一点模糊的轮廓。

　　老东母亲终于打开了小卖部的门窗。

　　这是盘村目前唯一的小卖部。先前还有好几家。但后来由于各种原因，那几家都先后关门歇业了，只有老东母亲的这一家，自20世纪90年代初开张以来，一直坚持到了现在。用她小儿子的话说，这小店子已经有二十多年的历史了。几年前还得到当地政府的扶持，把店子里面的柜台规范了，弄得跟城市里的超市一个样。

　　这跟老东倒没有什么关系。

　　有一次老东回家问母亲："不会是那些人看我的面子吧？"母亲立即反驳说："是啦，你以为你面子大得很啦……人家来考察了好几回，比较来比较去，最后就觉得我们家各方面条件最好，才确定下来扶持我们的……人家连你在哪个单位工作都不知道，你叫哪样名字也不晓得。"

　　老东这才放了心，说那就好。

　　其实，小卖部最早是在旧屋搞起来的。那时老东的爸爸还健在。因为旧屋当道，来往上下的人多，门前一年四季从不缺少歇脚乘凉的人，加上老东爸爸晚年体力衰减，再不能像年轻时候那样劳作了，于是想起了搞这样一个小卖部——那时还不叫小卖部，而叫代销点——后来老东爸爸过世，这个代销点也跟着中断了几年，直到老东三弟来到公路边新修了水泥砖房，房屋位置更加当道了，往来人流更多了，老东三弟才又重新把店子开了起来。

"有没有生意呢？"老东曾这样问过母亲。

"有还是有一点。"老东母亲说，"收入可能够开支我们这个家庭的电费。"

那也不错。老东心想。本来老东是不大想支持母亲和弟弟开店的。因为有了这个店，这家里的日子就根本不可能再过得安闲清净。

有一回老东回家，看到一辆拉木材的大卡车停在公路中间，年轻的司机不熄火，也不下车，就在车上大喊："买烟！"老东母亲立即急急忙忙赶过去把烟递给人家。老东看见，母亲那包烟总共只收了人家两元钱，利润大概不过几毛钱，老东心里好难过，真想劝母亲立即把店门关了。

但后来老东并没有劝说母亲和弟弟关掉店子。他知道，母亲能有一点事情做，总比成天在堂屋里看电视或打瞌睡强。

如果是往天，老东母亲会觉得这早晨的时光是过得很快的。但今天她的感觉完全相反。她几次从电火桶上走下来，站在门口往对面的山头上看，她希望能早点儿看到大雾散去。但每次她都很失望。雾气一直在峡谷间游荡，徘徊，并没有及时散去的意思。

电视里一直在播报一些新闻。她对这些内容既听不懂，也没兴趣。她拿着遥控从头到尾搜索了一回频道，几乎都找不到她喜欢的节目。

她家的电视没有接闭路线。小儿子给她装的是一个小天锅，只能接收十来个台，其中有几个还是讲少数民族语言的，她一句也听不懂。

不知过了多久，她在火桶上几乎迷迷糊糊快睡着了，突然听到有人喊买烟，她才慢腾腾爬起来走到隔壁去给人拿烟。

买烟的是满爹万银。这个没爹没娘且患有轻度精神病的孩子，从小就像幽灵一样在村子里飘荡。一转眼也过四十岁年龄了，依然孑然一身。

"没去坡啊你今天?"她轻言细语地问这可怜的孩子。这孩子虽然说话颠三倒四,头脑时常处于不清醒状态,但他身体蛮好,似乎从来不生病,甚至即便整个冬天他都只穿一件破烂的单衣,他也从来没有打针吃药,而且还能凭借自己的双手自食其力,从来不给别人添麻烦。说来也怪,这孩子无师自通掌握的几门手艺却是村人望尘莫及的,一是徒手抓蛇,二是挖竹鼠,三是烧马蜂窝……一年四季,他都在山上转悠,然后时不时带着一些野味下山来,部分留给自己享用,部分卖给村里搞木材生意的有钱人家。如果还有富余,他就拿到石洞或楠洞乡场上去,卖给那些开饭店的老板。他的开价一般都很低,低到可以由买家自由定价,但即便这样,他依然可以用卖野味得来的钱,买回一袋大米或三五斤肉什么的,着实让村人称羡不已。

"还没去啊,满嫂。"他辈分高,称老东母亲为嫂。而且,只要不发病,他比任何村民都更懂得礼貌。

"这两天天气好,热呵,坡上恐怕还有蛇吧?"老东母亲心里明白,来这里买烟对很多盘村人来说,其实都只不过是一种借口罢了——人真要买烟的话,那直接到乡场上批发,不仅便宜很多,而且省去了许多的麻烦——所以人来这里买的,其实不是烟,而是一种热闹,一种对孤独与寂寞的驱散和排遣。因此每当有人来买烟,她总要主动跟人说点什么。此时她正是这样,一边给满爹万银找零钱,一边无话找话跟他闲聊。

"蛇是没得了,但猫猫总还是有等个吧。"满爹万银说。

他把零钱藏好后,就从刚买的香烟中抽出一支来,边点火边问:

"咦,听讲老东今天要来屋,是吧满嫂?"

老东母亲一听,内心颇感惊讶,因为她最清楚,老东要来家的消息,到眼下为止,应该只局限于家里人知道,外人是无从知晓的。但所谓的家里人,其实就只有她和小儿子老三,而老三至今还在城里,那么满爹万银又怎么可能得到老东要来屋的消息呢?满爹万银平时标榜自己会神算,难道这是真的?

"你听哪个讲的?"她问。

"他好久没来屋了,我估计他应该来了。"满爹万银说。

去年老东个人出钱资助盘村人修建了两座小庙,开始大家的积极性很高,但到后来却找不到具体干活的人,老东用村里的广播号召了好几遍,最后来了几个村民,却都是身体有残疾或缺陷的,满爹万银是其中之一。

不过这样一来,老东跟这几个人就走得比较近了。而以前老东回家,是很少跟他们打交道的。

阳光终于穿透云雾,照射到对门小寨背后的山头上了。老东母亲脸上的神情此时似乎也舒展了很多。

河对岸那户正在修建新房的人家的身影也渐渐清晰了起来。

老东母亲辞别了满爹万银,慢慢走过马路,来到厨房间,查看了一眼她炖的猪蹄,然后从屋里搬来一根木凳,重新坐到小卖部的门前。

房屋虽然背阴,但还是有斑驳的光影通过厨房门前水池的折射,映照到她的脸上,使她感觉很是晃眼。

小黄猫坐在她的对面,闭着眼,跟她一起尽情享受早晨宁静安闲的时光。

3

到上午九十点钟光景,老东的车子终于出现在村西口的公路拐角处。那儿有一道较深的水沟，是村民自行挖断公路后开凿出来的引水沟。老东每次自驾回家，都要在那儿减速，然后轰好几次油门才能过去。

跟以往一样，老东这次驾驶的还是单位的那辆老猎豹越野车。这车的档次不高，但下乡很实用，走盘村这样的山区公路就算是如鱼得水了。

越过那道水沟之后，老东直接把车子开到自家屋门口。

母亲老远看见了他，就慢慢站起身来指挥他停车。

看到母亲还能在自家门前行走自如，老东顿时放心了，心里的一块石头落了地。一路上，他想象着母亲可能睡卧在床上，形容枯槁，气息奄奄。

门口摆放着几个大石头，那是老东先前请人从河边抬上来放在那里的，他本来打算拿来装饰自己的房间，但房间面积小，石头一块都放不下，就一直摆在门口，现在却成了影响老东停车的障碍物。

老东一家原先坐在河对面的一个坡岭上，那也是往来石洞与楠洞的一个必经之路口，在公路还没有修通盘村之前，那路口跟现在老东家的门前一样热闹。

几年前村人集资修了一条公路，公路就从田坝上直接横穿过来了，公路成了大伙必经之路，老东家旧屋的那条路就自然冷落下来了。

公路修通后，老东三弟在木桥边自家的自留地里修建了盘村有史以来的第一栋水泥砖房。先是挨着村委会的办公楼修了一栋两层楼房，之后又在对面修了一个厨房。

两栋房子老东都支持了一部分钱。没老东的支持他弟弟根本修不起这房子。

老东弟弟就给老东专门留了一间客房，有独立的卫生间，有抽水马桶,还有席梦思大床和网线,跟城里的房子一样。

老东打开车门,开始从车里往下搬运行李和给母亲的礼物。

"你一个人来光?"

"嗯。"

"她们两娘崽呢?"

"娃崽要上课,没空来。"

几乎每次回家,老东母亲都要问他这些话,老东也差不多都这么回答。其实母子俩心知肚明,老东跟婆娘关系一直不好,那女人今后也许再不会来盘村了。

"你来屋啊老东?"满爹万银不知从哪里蹿出来,一边跟老东打招呼,一边帮忙搬运老东的东西。

"噢,满爹,你到屋呀,最近得好东西没?"老东笑着说。

"特意给你留了个爱吃竹子的家伙。"满爹万银说。

"好,你去拿来,我们好下酒啊。"老东说。

满爹万银大概是早有准备,转眼之间,他像变戏法一样很快把一只铁笼子交到老东手上。老东往铁笼里一看,果然是一只活蹦乱跳的肥硕竹鼠。

老东不是环保主义者,却并不喜欢吃野味,如果是在城里,他是坚决不吃这些玩意儿的,但在家乡,老东却很乐意接受这个,一来他可以借此给满爹万银提供一点经济上的补偿和资助,二来他也需要利用这个东西来吸引一些邻里乡亲前来他家聚会。

老东从钱包里掏出两张老人头递给满爹万银,说:"你今天就负责处理这个家伙,搞干净点儿。"

"红烧还是清汤?"满爹万银问。

老东先是说随便,接着又改口说,红烧吧那就。

满爹万银又问,是现在搞还是下午搞?

"现在搞。"老东说。但老东母亲说，吃晌午的话，她已经炖得有猪脚了。于是老东又交代说："那就下午搞吧，六点钟开饭，你五点钟以前给我搞出来就可以了。"

交代清楚之后，老东自己提着行李包上了厨房二楼的客房。满爹万银则把竹鼠留下后先回家忙别的事情去了。

老东打开电脑，接通了网线，QQ很快就传来嘀嘀声，他一看，有好几个留言，有单位的会议通知，有几个工程项目的进展汇报，还有几个牌友的呼唤和女儿的问候……他只看了一眼，没有做任何回复，就立即下楼陪母亲说话。

母亲正在厨房里查看她的炖猪蹄。因为放得有黄豆和香菇，那味道飘得满屋香。

"妈，我来，你莫动。"老东说。

"我莫动？我不动哪个来帮我？"老东母亲说。

她倒不是抱怨，但在儿子面前，她可以想到什么说什么，无所顾忌。

老东看了一眼锅里的猪蹄，说你还砍得动猪脚，说明你还有点力气嘛。老东母亲说，我还砍得动就好喽，那是老三砍的，他砍好了放在冰箱，我每天拿几坨来煮。

老东母亲的话，引起了老东的感伤。想着像她这样的老人，要是在从前，定然是儿孙绕膝，几代同堂了，但现在却只留她一个人在家，这家哪里还有家的气息？父亲早逝，两个弟弟没出息，自己的婚姻又一塌糊涂，这一切怎么不叫他感伤！

"老妹一岗要来屋。"老东母亲说。

"你打电话给她了？"老东问。

其实这问话有点多余。反正老东每次回家，母亲必然要打电话通知大女儿回家来。以前是走路来，现在村村通了车，妹夫骑摩托带她来，也很快当，半个多小时就到家了。

"今天石洞放牛打架，他们两个骑摩托去看热闹，说是要晚点才到屋。"老东母亲说。

"噢，那我们吃饭吃晏点。"老东说。

母子俩正说着话，堂侄儿圣印闯进屋来了。

"大爹来屋啦！"侄儿说。

侄儿跟他不久前才去世的爸爸一样，性格永远是那样的直率，行动从来都风风火火。

"你来得正好，我正想找你帮我做件事情。"老东说。

"哪样事情大爹你讲。"

"你帮我去喊大公大奶他们来我这里吃晚饭，还有二爹老宽，支书家然他们。"

"好，人我负责帮你通知到，他们来不来我不管。"

"还有，"老东补充了一句，"你还得早点儿来帮我杀一只鸭子，我怕菜不够。"

这个活儿圣印也爽快地答应了。老东母子留他坐下来吃早饭，他不肯，又一阵风似的飘走了。

老东问母亲，他原先不是在外面打工吗？母亲说，早回来了，说是有病，做不得重活路。哪样病？老东问。哪样病？还不是原来他们淘金得的那种怪病！

母亲这样一说，老东立即明白了，所谓的怪病，其实就是普通的矽肺病，十多年前盘村发现金矿，盘村人都疯狂挖洞淘金，当时都不懂得保护，连口罩也不肯戴一个，直到好多年以后许多人发病到医院检查，大家才晓得这种病的名称叫矽肺病。记得有一年老东听村人唠叨过，说盘村上下，陆陆续续得这病死去的人已经超过了二十人了。

"造孽，"母亲继续叨念道，"钱没得几个，都全部拿来看病了，还不晓得保得住那条命不。"

人都散去之后，老东母子开始坐下来吃早饭。盘村一带侗家人的传统，一天只吃两顿饭，就是早饭和晚饭。早饭时间在上午九十点钟左右，晚饭则晚到晚上八九点钟。当代的年轻人当然不完全遵守这样的规矩，一般想什么时候吃饭就什么时候吃饭，一天吃三四餐都是常有的事，但老东母亲是老一辈人，依然沿袭着传统的习惯。

母子俩围着电磁炉吃炖猪脚火锅。

一条大白狗不知道从哪里蹿出来，理直气壮地走进老东家，跟小黄猫抢食老东丢在地上的骨头。老东问母亲，这是老宽的狗吧？母亲说，是咯，成天在这里，把这里当家了。

老东一扬手，那狗飞也似的跑了。

母亲说，你赶它做哪样？这家里的猪骨头全靠它来捡拾了。

你自己不晓得养一只啊？老东说。

我哪里还能养？我什么都不想养了，鸡、鸭、猪，样行我都不想养了，养这些东西，人累得很……我现在只养这只猫，有个伴……

4

吃过早饭，太阳就差不多当顶了。阳光静静地照耀着盘江河谷两岸的山川和土地。老东感觉身上有点儿热了，就脱了一件外衣丢进车里。母亲提醒他，这个天不要乱脱衣服。老东想想有道理，就把衣服重新穿上了。

老东穿的是一件咖啡色的夹克衫，这件衣服他可能穿有上十年了，很多地方都开始朽烂，但老东一直舍不得丢掉。一来衣服合身好穿，二来他很少有时间逛街买衣服，三来可能遗传了父亲的秉性，从不注重外表装饰，且节约成性，几近于吝啬，所以一到秋冬春季节他几乎都穿上这件衣服，以至于他给人的印象好像一生就只有这么一件衣服。单位里的人调侃他，说这件衣服绝对是某个情人送的。老东从来笑而不答。但有一次他跟杨县长吃饭时，杨县长要证实这件事情，他就答复说，别人不了解我，你还不了解我吗杨县？我这种人会有那种事吗？杨县长说，我又不是追究你责任，你紧张什么？这年头，只要不违法，有个把知音，很正常的。老东说，那我落后于时代了，看来还得努力才行啊。杨县长说，跟你开个玩笑，我的意思是，你都当局长了，得注意点儿形象。回到家，老东站在镜子面前看了半天，自言自语道，注意什么狗屁形象啊，我就是穿件树皮衣服，都比你们帅，我就不换，看你们敢把我咋的！

老东穿着他的咖啡色夹克衫从门前的公路上走过，一村的人都知道老东回家来了。哥关站在自家的廊檐上大声喊老东去吃饭，老东说，吃过了。又说，你晚上到我家来。哥关说，噢！

"你来屋啦哥东？"问话的是河对面正在修房子的那家人的一个小男孩儿。说是小男孩儿，但其实都已经成家了，正和自己讲普通话的老婆一起修一栋新砖房。老东出门在外多年，对于村中年龄比自己小的大多不太认识。眼前的这小男孩他也照样不认识。不过上次回家他就听母亲说过了，在这里修房子的是万寿的小儿子老堂，所以老东猜测喊他的可能是老堂。

"噢，你这房子修得漂亮啊老堂。"老东说。

"乱搞点啦哥东。"老堂说。

老堂说话比较低调。他也应该低调。他修房子的这块地本来是老东爷爷的老屋基，但老东爷爷先前是地主，房子被贫下中农没收后做了纸厂和草寮，后来房子失火烧掉后这地基被重新开辟为农田并分配给了老堂的父亲万寿。现在老堂在老东的老屋基修房子，老东和老堂嘴上不说，但心里彼此有数，其实是很别扭的。

老堂修这房子使用了一种简单的机械设备，他也不知道那设备叫什么名称，就是由一个电动机带动的滑轮，可以直接把河边的沙子吊上河岸来，或者把砖石水泥吊到二楼上去，节省了很多的劳力。老东站在河对岸看了一会儿，走了。

老东走过河岸去看自己的老屋。老东每次回家都要来看看老屋。

老屋有很多年没人住了，二弟举家去广东打工，多年不回，三弟在公路边修了新房，老屋闲置了下来。门前芳草萋萋，屋子里到处潮湿发霉，许多楼板和廊柱都开始朽烂了，老东又心疼了半天。

堂屋里依旧挂着老东父亲的遗像。黑白的碳粉画。镶着玻璃的镜框。满是蜘蛛和灰尘。

老东照例在父亲遗像前默默站立了一小会儿，就走开了。

他锁好门，退出来，刚好在房屋转角处遇到隔壁的家义——一个八十多岁的老人。

"麻言嗯东啊？"

他正在自己屋边烧锯木面。看到老东，就跟老东打招呼。他还是习惯于使用传统的侗语。而实际上，今日盘村早已普遍使用当地的汉语方言，讲侗语的人已经很少了。

"噢，鸟言啊家义。"

老东倒没有忘记侗语。知道家义问他"来家啦"，所以他也同样用侗语答复，意思是，"噢，你在家啊家义"。

老东记得，大约在三十多年前，当老东还是一个孩子的时候，家义就因身体虚弱，需要请鬼师来做一种叫"吃什保"的巫术仪式，据说通过这种巫术仪式，可以让另外一些身体强壮的男人来分担事主的"灾星"，帮衬事主补充身体能量，恢复健康，最终达到延年益寿的目的。那次家义把老东的名字也列在了担保他的名单中,当时老东还只是一个十来岁的小孩,什么都不懂,更不知道给人做"担保"也是有一定"风险"的,即给别人添阳气和能量,则可能会折损自己的阳气和寿元……不过这些说法老东都是后来听母亲说的,他当时还不清楚这些关系,只知道给人做"担保"可以拿到一个小小红包,能买不少水糖果,就毫不犹豫地答应了。

一晃眼,老东年近半百了,家义也活过了八十多岁。

看着家义佝偻的身躯和额头上深如沟壑的皱纹,老东感慨于时光的无情和命运的莫测,心里不禁涌起一阵苍茫和悲凉。

家义的隔壁,是家学的新屋。几年前家学房屋失火,差点儿殃及家义和老东两家。幸好房屋与房屋之间还有二十多米的间隔,加之村人奋力扑救,才保住了家义和老东的房子。

家学的新屋盖的是当下很时髦的一种红色琉璃瓦,楼上虽然还是木楼,但楼下已然用红砖和水泥围住了。如今盘江地方的很多人家都喜欢修这样的房子,老东很看不惯。老东说,要么就修有点儿档次的小洋房,要么就沿袭祖先的传统样式。但村人笑着说,修小洋房,那就只有你才修得起啦。

老东知道大伙不听他的,所以每次回家,看到新增的倒土不洋的建筑,内心特不是滋味,但他也没有办法。

家学的上坎,原来是老东姨娘的老屋。可惜姨娘的老屋在十多年前就被姨夫老通卖掉了,而且姨娘也在两年前因病去世。在老东的记忆中,姨娘生前比自己的母亲更疼爱自己。外婆把两个女儿送来盘村,使老东得到两个母亲的照料,老东因此格外感恩外婆。

老东从姨娘旧屋地基前走过,头脑里浮想起一些遥远的记忆,内心又涌起一阵伤感。

冬日昼短,头顶上的太阳很快西斜了,映照在盘江河谷两岸的水田里,金光闪闪,直晃人眼。

不知道是谁家的一匹马,被拴在家学屋脚的田坝中,正悠闲地啃着田里返青的秧兜。而在田坝外面不远处的田坎上,则静静坐着两位老人。老东一看,是哥进和大嫂银仙。

老东走过去,大声跟两位老人打招呼——他知道两位老人耳朵都很聋,几乎丧失了全部的听力。

但两位老人眼睛还不错,他们认出了老东,就站起身来拉老东的手,大声地问老东几时来家的,是不是来看妈妈。老东激动地点头说,是的,我来看我妈,我妈身体有点不舒服,我是早上到的……二十多年前,老东在省城贵阳读大学,中间有一个学期回家来跟父母要钱,父母拿不出钱来,母亲就带着老东到寨上跟人借钱,一家家借过去,走了一个早上,最终只在大嫂银仙那里得到两元钱……老东一辈子也不能忘记这事,每次回家都要上大嫂家去看一眼,自然每次也都要给他们带点礼物或送点钱什么的。

老东称呼他们是哥和嫂,但他们实际的年龄却比老东父母还高,都是过了八十岁的人了,也都背着一身的病,儿孙们却全部在浙江打工,家里只有两个老人相互搀扶,相互照应。好几回老东听母亲说他们俩怕是活不过几天了,但每次老东回家来,他们却都还奇迹般健在……老东解释不了这生命的秘密,只好相信这是上帝对穷人艰难生涯的一种寿元补偿。

"想喊你到家去吃饭,又没有哪样给你吃。"两位老人说。

"你们今晚到我家去吃饭,我买得有好菜来了。"老东大声对两位老人说。

"哦,哦,好,要得。"老人说。

5

　　老东从村子里转了一圈回到家，太阳就快落坡了。满爹万银已经把竹鼠杀死，且用稻草烧毛后，在进一步开膛破肚，清洗内脏。堂侄儿圣印的手脚更麻利些——用老东母亲的话说，性子跟他爹一样，大大咧咧，心急火燎，完全一模脱壳——鸭子都已经炒好了，味道满屋飘香。

　　冬日的太阳暖暖地照耀在老东新屋的照壁上，还可以偶尔看到一两只蜜蜂在壁上飞来飞去的，不知道它们在寻觅些什么。小卖部门前终年摆着一张长长的木凳子，平时供路人歇脚，此时正坐着好几个人，在热热闹闹地聊天说话，闹哄哄的像是一个临时的集市。老东远远就看出其中的一个是自己的大伯父，还有一个是大伯母，都是八十多岁的老人了，正跟母亲在说着什么，伯母耳聋，说话声音需要无限放大她才能听见。还有一个二嫂叫照英的，年纪跟老东母亲相仿，她没在老东的邀请人员名单之中，但她能来，老东很高兴，因为这二嫂不仅爱唱歌，而且爱喝酒，同时还热心村里的各种公益事业，去年老东回家修庙，她就是为数不多的几位积极分子之一。

　　老东走过去跟大伙一一打招呼。大伯父说，你那么爱好，还来喊我们吃饭，你难得来屋，应该是我们喊你去屋吃饭才对，但我们现在老了，做不了主了……大伯父一说起来，眼眶就盈满泪水，老东知道，大伯父和大伯母如今的处境都不太好，大儿子两年前因患癌症去世，留下的几个子女虽都已成家，却未能立业，仅靠在外打工度日，大伯母一直跟着小儿子过，长年受到儿媳的虐待……因此之故，老东每次回家，心情总是很难平静。

　　"姚言还没给难响呗东，拜姚言借滔血拜果？"

这是二嫂照英的声音。她也是一个特爱讲侗话的人。汉语她也会说，但讲起来超级"夹侗"，所以平时很少讲汉话。她说她家里还有些腊肉，想邀请老东去她家喝酒，问老东去不去？

"鸟姚言借，您乃。"老东说今晚就在我家吧。

老东知道，二嫂的男人多年前就因病去世了，自己的一个独苗儿子带着儿媳在福建打工，同样是独苗的孙子又在西藏当兵，她独守空巢，难免寂寞，其实是很希望找人聊天说话的，如果还能有机会喝酒唱歌，那她就巴不得了。

"呀赖咯。"她说。意思是也可以。她还说，达赖你，我们又得吃点好的。说得大伙哈哈大笑。老东母亲说，是啦，你一个人杀一头猪，吃几年都吃不完，你还不是快活得像神仙那样？二嫂说，吃倒是得吃，但不落肚皮……她的意思是亲人都不在身边，吃什么东西都不香……一说到这里，她又要唱歌了，她要借助唱歌的形式来抒发一下自己积压在心头的郁闷情感。

老东借口上楼拿录音机给她录歌，就跑上楼去看了一眼电脑上的QQ留言，一看，老东的心情也跟着压抑郁闷起来了——原来是单位QQ群里通知老东今晚七点半钟以前务必赶回单位开会，说是水库移民最近出了点问题，县长要亲自到局里来检查和指导工作——看了这条通知，老东赶紧给局长打了个电话，说自己的母亲病了，目前正在老家照顾母亲，希望能请一个假……局长说，你母亲病了，你现在就立马把她接到县城来住院，我派专人照看你母亲，你必须在七点钟以前赶回单位！说完对方就把电话挂了。

老东放下电话，愣在那儿大半天，脑子一片空白。他明白自己现在又一次面临着重大的人生抉择——以前他面对的抉择是家庭和婚姻，而这一次的抉择却是单位和工作。其实他想离开单位很久了，甚至想辞职也很久了。迟迟没有行动的原因仅仅在于担心妈妈的心理承受能力。他不知道该如何向母亲交代——自己能读书上学，能念完大学，最终能混到一官半职，全是妈妈敦促的结果……他明白他今世的人生是彻底地失败了，婚姻上是连续两次失败——最近的一次离婚他还没敢告诉妈妈呢——现在又面临着工作和事业上的失败，如果妈妈知道了，真不知道该如何伤心……

从老东卧室的卫生间往外看，可以看到一棵很大的桐油树，春天的时候这棵桐油树开白色的花，夏天的时候结绿色的果实。此时是初冬季节，桐油树的叶子全部枯黄了，桐油果也成熟变黑，从树上掉下来，落满了一地。以前老东母亲还能活动的时候，这棵桐油树的桐籽是归她来捡拾的，现在老东却看到是二嫂照英在捡拾……江山是主人是客，其实认真说来，这世界都没什么值得留恋的，何况一个饭碗？！

窗外传来摩托车的声音，接着就听到妹妹在跟母亲、大伯父和大伯母他们在大声说话了。老东知道妹妹和妹夫赶到了，于是赶紧走下楼来，去跟妹妹和妹夫打招呼。妹妹说，你看起来又老蛮多了大哥，你当干部的难道比我们当农民的还操心？老东笑了笑说，五十岁的人了，怎么还不老？！妹夫说，大哥其实不出老，只是头发白了点而已。

此时老归的车也从盘磨村开来停在了老东家门前，还是像往常一样"突突突"的不熄火。

老归看到老东，大声喊：

"哥东，你来屋啦？好久到的？"

老东迎上去说：

"早上就到了，你到盘磨来？"

"噢，学彦老者不在了，我送哥元他们去帮忙，我自己也着学彦留在那里帮了一天的忙。"

"好久上山嘛？"

"后天。"

"那你明后天还得去帮忙啦。"

"我不去了哥东，芹卜寨有人要包我的车明天。"

"芹卜寨哪个要包你的车啊？"问话的不是老东，而是村主任老宽。他没有从公路上走来，而是从老东的房子背后悄悄冒出来的，像一个鬼影。

"村主任来啦？"老东说。

"听讲你这里有好吃的，我过来看看。"老宽还是像从前那样，一副无精打采的样子。

堂侄儿圣印在厨房里催促老东，说人到齐就开饭啦。老东说，还有支书没到，再等等。可他话音未落，支书也骑摩托赶到了。紧接着哥关也到了。老东看人基本到齐，就说，好，那就准备开饭。

老东突然想起还差哥进和大嫂银仙还没到，就要差妹妹去喊。母亲说，不用去喊了，你去喊，他们两个也来不得，就算来，也吃不得。老东就说，那就算了吧，不等他们了。

就在老东母亲正带着大伙准备走进厨房的时候，二嫂照英突然惊叫起来："淯怒蓓，艮耪嘛莽迴多噶蓓？"大伙抬头一看，果然看见老东房子背后的那棵桐油树上，不知何时飞来一群乌鸦，逆着光站在桐油树的枯枝上，很是醒目。

按照盘村老百姓的说法，乌鸦是不祥之鸟，所以看到这一群乌鸦，大伙的心情顿时黯淡下来了，先前的笑容立即收敛了很多。老东母亲说，这些背时的，咋个这个时候出来呢？我都有好多年没看到它们了。

老东知道母亲迷信，就安慰说，妈你别胡思乱想了，以前我们上山砍柴还不是天天见得到，哪有什么事嘛，人家日本国还把这种鸟当作神鸟呢!

老宽说:

"现在去打工的年轻人多了,砍柴烧的人少了,我们这地方的生态又得到了恢复,所以才重新看到了老鸹,我们现在上山,不仅可以看到老鸹,而且还可以看到很多差不多要绝种的东西,比如娃娃鱼啦,石蚌啦,螃蟹啦……还有黄鼠狼啦,野猪啦,野山羊啦……甚至猴子现在都比较容易撞着了。"

老东说:

"村主任毕竟是村主任,村主任的解释是科学的,来,我们不管它,我们先把饭吃饱再说,倒酒圣印。"

老东母亲还是不放心,说:

"迷信迷信,不可全信,也不可不信,你们在屋的也好,出门的也好,都还是要处处当心点儿。"

说完自己去碗柜里找来一把香纸烧了,说:

"大概时代好,我们阳间人得吃,阴间人也得吃,大家个个都好,个个都莫挂牵噢。"

"是这样唷——"大伙齐声说。

满满一大桌人,围着两个火锅,各自端起了面前的酒碗和饭碗,准备吃晚饭。老宽看到老东碗里的酒很少,就说,你咋个才搞那点点?老东笑笑说,很对不起,我等下还要打转回去开会,酒我就不喝了,下次再来陪你们尽兴吧。

老宽说,哎呀,你当那个官也是,还不如我们当老百姓的自由,快活。

老东说,那是,我还真不想当这官了。

老宽说,跟你开玩笑的,哪个不晓得,当官当然比当老百姓好。

哥关说,你要不当官,那我们寨子的那两个庙就不晓得要到哪辈子才修得起来。

老东本来想说修庙跟他当官没关系，但立即想到开光那天县里好几家单位是看在老东的面子来送了礼的，就没往下说，继而再次举起手中酒碗，劝大伙喝酒。

老东说，我不在家，我那老弟也成天在外头跑，我妈妈这里就劳烦你们帮我照看一眼……老东这样说的时候，声音几近哽咽。

大伙都劝老东放心，说家里有我们呢，你好好在外头搞好工作吧。

老宽说，你放一万个心吧老东，我天天来买烟，我为什么一次只买一包，而不一次买一条呢？就是因为我可以借这个机会来看看情况……

二嫂照英突然站起来表示要唱一首歌给老东母亲，说老东母亲有福气，她的几个崽都很有孝心，所以她要唱一首赞美和祝福她的歌。老东母亲说，你的崽不是也一样对你好啊，你那崽还不是天天打电话给你啊……二嫂说，电话他们倒是打，钱他们也寄来给我用，就是我有时候累了、病了，想要他们送我喝一口水，他们又没一个人在身边……说到这里，二嫂流了泪，老东的大伯父和大伯母也都跟着流了泪，老东当然也早已泪流满面。

老东借故接一个电话独自走出门来，他看到屋外的天色是完全黑暗下来了，田坝上吹来的风也比白天时候更加坚硬而寒冷。

屋后桐油树上的群鸦不知什么时候不见了踪影，而盘村河谷对面的山头上，月亮开始升了起来。

2011年12月24日于湘潭

日　子

背　影

　　五月间一个春光明媚的午后，老东又回了一趟故乡盘村。

　　他是自驾回去的。

　　像往常一样，他把车子直接开到公路边他新屋的门前。他母亲听到汽车声音就慢腾腾地走出门来，也不招呼老东，只把身子倚靠在大门边，呆呆地看着老东倒车、停车。

　　老东开的车子是单位里一部比较破旧的猎豹四驱越野车。这车子有些年头了，不仅遍体鳞伤，不再时尚，而且到处发出奇怪的响声，存在巨大的安全隐患，单位里的领导都怕坐这车子。这倒成全了不怕死的老东。有人说老东不是不怕死，而是他想死。

　　不过说来也怪，尽管这车子看上去已经破烂不堪，但老东开这车开了好些年，居然没出过一点事，甚至连普通的剐蹭都没有。

　　老东在县水利局当副局长也快二十年了，这当中，正局长换了好几个，但老东既升不上去，也降不下来，一直坐在副局长的位置。

　　每次正局长要升迁或调动的时候，单位里的人们都要猜测和议论谁最有可能接替正局长的位置，老东自然也在那些被议论的候选名单当中，但没有一次应验。

事后，也总有人悄悄对老东说，老东，你要去跟领导打牌咯，你不跟领导打牌你怎么可能上得去？但老东对于任何人的话语从来都只是报以淡淡的微笑。谁也猜不透他真正的心思。

他当初被提拔为副局长，靠的是有技术。的确，论技术，他无疑是单位里最过硬的。因为他大学里学的就是这个专业，后来又有了将近三十年的工作经验，他在农业水利方面真可以说是绝对的专家了。但在别的方面，他却近乎一个傻子。他不打牌，不抽烟，不去娱乐场合……在当下这个时代，像老东这样性子的人，实在堪称出土文物，少见。这就不要指望他还会跟领导去打牌什么的了，就是要他去跟领导说一句求情的话，都千难万难。

人都说，老东是头笨猪。

他当然也承认自己有点笨。也正因为这个笨，他才经历了两次背时倒霉的婚姻。第一次婚姻的结局是让一个女人带走了他的儿子，第二次婚姻的结局是让另外一个女人带走了他的女儿。

所有人说到老东的人生遭遇，都会摇头摆脑壳说，唉，见过蠢的，但没见过像他那么蠢的。

但不管人们怎样议论他，他似乎都无动于衷。他依旧一如既往灰头土脸地在单位里混着，为单位跑项目，接工程，开那些没完没了的会议，做他分内的事情。在单位里，他无疑是最忙碌的人之一。

虽然表面上看，老东的性格怪异了一点儿，但他其实也有很好的人缘。因为任何人求他办事，只要不是违法的，他都乐于帮助别人。只是人们很少听到他说好听的话，甚至也很难在他的脸上看见笑容。

但老东不是不会笑的人。在故乡盘村，他跟家乡的父老聊天说话时,他的笑容是很灿烂的,他的声音也爽朗、明亮而清澈。

在盘江峡谷一带那些至今还在讲侗话的木楼村寨中,老东是出了名的孝子。因为在盘村外出工作的几十个人当中,老东是回家最勤的一个,也是从来不跟老人争嘴的一个,所以他孝顺的名声就传播得很远,几乎成了这一带村寨人家的楷模,大人们要教育孩子孝顺的功课,必然要拿老东做最鲜活的例子。

老东现在是有了一部几乎可以说是当私家车用的公家车子,加上公路在前几年修到了盘村,他回家就很方便了。所以无论是下乡调研,或者是到哪里搞工程,中间只要有合适的机会,他就会把方向盘一打,往故乡盘村的方向走。

但原先盘村没通公路时,老东也是经常回家的。最早的时候,他全靠步行,后来公路修通了岑卜,他就把车子停到岑卜那儿,然后步行回家。有时他会在家里住上一两夜,有时仅仅来家小坐一会儿,吃个午饭或夜饭就立即打转身往回走。

每次回家,除了看望自己的母亲,老东也会去看望寨子上别的老人。

老东平生有两大爱好,第一是看书,第二是摄影。他每次回家,都会给村子里的老人们照相。"还要照呀老东?上次不是照过了?"老人们虽然很配合老东的拍摄,但对老东为何每次见面都要给他们照相的原因却并不十分明白。他们唯一明白的,就是每次见到老东,都能拿到老东上次给他们拍摄的照片。

"你不要给我们照了,造孽你花钱光,我们这些崽是不会痛心要我们照片的。"也有些老人这样对老东说。

老东答复他们说,莫弄个讲啊大爹大妈,他们现在不痛心,以后会痛心的。

果然,盘村里很多老人走了之后,他们的子女常常都会问老东要老人生前的照片。"那年你照我爹我妈的照片还有没老东？放大一张送我留做纪念，我开钱送你。"

老东就说，哦，我回去找找，应该有。

他回到单位打开自己的电脑找，果然是有。他就拿到照相馆放大了再拿回盘村送人。人要开他钱，他从来没收过一分。

这天老东回到盘村，他却没有像往常那样立即去寨上串门和照相，而是提了一袋行李径直上楼，当然经过大门时，他照例喊了一声妈，他母亲就问，你咋个有空来屋？老东说："我是顺路来屋，我这半年在锦屏那边接工程，经常走高酿这边。"他母亲就"哦"一声不再说话。

一晃眼，老东母亲快八十岁了，身体一年不如一年，老东心里清楚，老态龙钟的妈妈，他是看一眼少一眼了。

"吃饭了没？"等老东到楼上放好了行李，再次回到母亲身边时，母亲就这样问他。

"吃了。"老东说。他把一个盒子交给母亲。母亲问他那是什么？他说是鞋子，给你买的鞋子。

老东母亲就在门口的长凳子上坐下来，打开盒子，取出里面的鞋子来试穿。

老东趁机帮妈妈把鞋子穿上。鞋子是布鞋子，但是胶底，防滑防水。老东妈妈穿上后就在门前走了几步，说，嗯，恰恰合脚，嗯，好穿，你本买得合适。老东就笑笑说，这回你可以在水里走了。

有过路的村人看见了，都围过来夸奖赞美一番。一些跟老东母亲差不多年纪的老人，就流露出了对老东母亲的羡慕，甚至也要求老东下次回家也带一双给他们。老东一边满口承应，一边拿出相机又给那些老人照相。一时间，老东家门口顿时又热闹起来了。

说来奇怪，老东家无论是住在哪里，仿佛都一直是一个热闹的所在。老东现在居住的房屋,是紧挨着公路边的一栋水泥砖房。这也是盘村有史以来的第一栋砖房。先前的盘村,村民所住的都是没有一块砖头的木楼。现在盘村大多数的人家,也还是住的木楼,但也有不少人家在最近几年把木楼卖掉了,重新盖起了钢筋水泥的砖房。有人甚至还修起了比城里人更加时髦的别墅式洋房。老东弟弟的房子因为修得最早,在外观上自然没法跟后来修起来的砖房比时尚,但他弟弟的房子却因为挨着公路,同时又经营着盘村唯一的一个小小的百货店,就总是人来人往,成了盘村名副其实的最热闹的地方。

从前老东的家是住在村寨坡脚的一个当风的山岭上的,如今那房子也还伫立在那里,但已经好多年没人居住了,屋子里的楼板全部发霉了,屋顶上的瓦片也被风吹得掉落地上,到处都是,俨然一处废弃的古迹……老东先前是很反对弟弟到公路边来修建新房的,但弟弟执意如此,他也没办法。老东是在旧屋长大的,他当然忘记不了旧屋,所以每次来家,他都要到旧屋去走走,看看。

旧屋堂屋的板壁上还悬挂着他父亲的遗像,他每次去看老屋,都要在父亲的遗像前站立蛮久。这个时候,他的心里自然就会联想起父亲生前的许多生活画面来,其中最令他难忘的,是父亲在火塘间炒菜、喝酒的情景。那时候,父亲总是常年在火塘里的撑架上支起一口小铁锅,锅里煮着猪脚或猪排,火塘里的柴火是从来都不熄灭的,锅子里的骨头也从来吃不完,有路过的人们,听见火塘里的说笑声音,必然会推门进去跟主人一起喝酒、说话……毫无疑问,那是怎样一个热闹的世界!

老东其实是个很不喜欢热闹的人,所以他当初极力反对弟弟在公路边修建房子。但现在他的观念也有了很大的改变。热闹点也好,老东心想,不然他母亲会很寂寞的。

那些老人围绕着老东母亲的一双新鞋子议论了半天,又配合老东照了几张相,就慢慢散去了。老东也回到了楼上他的卧室。这卧室其实是属于他的一个独立的天地。当初弟弟要修这房子时,钱不够,他就资助了一些钱,然后弟弟就专门为他保留和装饰了一个空间,里面有一张大床,有独立的卫生间,还有一排书架,外面是一个长长的阳台……老东曾对家人交代过,那房间没有得到他的允许,任何人也不能随便进去……所以那房间完全是属于老东个人的一个私密空间。

房间里有WiFi可以上网。老东就在房间打开电脑倒腾了一会儿照片,然后又上了一会儿网,最后感觉很困倦,就干脆脱了衣服钻进被窝里休息了。

但在将要睡着又还没完全睡着之际,他听到楼下母亲在喊他。他问什么事?母亲却没说什么事,只说你下楼来。老东实在感觉有些困倦,心里并不情愿起床,就磨磨蹭蹭地找衣服穿上。衣服还没穿好,他就听到有人直接来敲他的门了,同时传来一个女人的声音:"老东,你睡了?"老东说:"嗯,我睡了。"那女人说,睡了你也起来。老东觉得那声音很熟悉,但他想不起来是谁。

结果他打开门一看,门外站着的竟然是他日思夜想的、多年不见的二嫂秋菊,老东身上的血液一下子就沸腾起来了。他很想像电影里的人一样紧紧拥抱二嫂,但他不敢真的这样做,因为在盘村地方的礼俗传统里没有这样的表达方式,再怎么亲的人,也不曾有过如此的举动。

他一把抓住二嫂的手,拉她进了自己的房间。

"你从哪里来二嫂?你像是从天上掉下来的一样!"

老东一边问二嫂话,一边拿凳子给二嫂坐。房间里只有一张木凳子,老东让给二嫂坐,他自己坐在床上。

二嫂秋菊却不直接回答老东的话,只盯着老东的脸看,然后皱着眉说,妈咦,你咋个老成这样子了老东!

老东也有二十多年没见到自己的二嫂了,本来心头就很激动,此时听到二嫂这么一说,他的眼圈唰地一下就红了,眼泪也几乎就要夺眶而出,但他极力控制着,他不想让二嫂看到他的眼泪。你也老了二嫂。老东在心里说。

这个叫秋菊的女人是老东外婆弟弟的女儿,他本来叫她表孃,后来秋菊嫁给老东的二哥老灿,老东才改口叫她二嫂。在老东的记忆里,二嫂年轻时不仅人长得漂亮,而且热情温柔,勤劳慷慨,是盘江河谷一带口碑最好的媳妇之一。因为是亲戚中的亲戚,老东从小得到二嫂的关爱,读大学时,更是没少得到二哥二嫂的支持和帮助,每年寒暑假回家,二嫂都会悄悄给老东塞些钱。后来老东大学毕业,参加了工作,结了婚,带了儿子回家,二嫂又给老东的儿子塞钱。

毫无疑问,在二哥老灿还健在的年月,老东和二哥二嫂亲如一家。但后来日子的延续,谁也没有料到不幸的命运竟然接踵而至,先是老东离异,儿子被妻子带走,接着二哥英年早逝,二嫂改嫁他乡,再后来老东的父亲也去世……老东就觉得那种美好的日子从此就溃散了,再也没有了。老东至今还保存有二十多年前二嫂抱着老东儿子在老屋门前的一张合影照片,那时候的二嫂青春依旧,脸上的笑容灿若桃花。而眼前的二嫂,却头发花白,满脸沧桑。

"崽呢?还是跟他妈到美国?"二嫂问。

"嗯。"老东说。

"不是讲转来了?"

"没有,还在美国。"

"他还认得你不?"

"认得。"

"你们经常打电话没?"

"打。"

"他结婚成家了吧?"

"嗯……还没……"

"你要带他来屋等回,免得你妈想他,造孽你妈。"

"嗯。"

"他妈一直没结婚?"

"没结。"

"唉,也造孽。"二嫂摇着头,眼睛里充满了悲悯的神情。

老东低着头,不说话,二嫂又问:

"你现在这个是哪里的?"

"这个……嗯……凯里的……"

"听讲你们又有了一个姑娘?蛮大了吧?"

"……嗯……你吃饭了没有二嫂?"

"吃了。老妹那家的一个到岑卜的亲戚进新屋办酒,我去送礼来,过你门口,你妈说你到屋,我就特意上楼来看你一眼。"

二嫂说的老妹,是老东四哥老拉的女儿,也是从小没妈,几乎是二嫂一手拉扯大的。老东结婚生子时,老妹只有四五岁,如今长大成人,嫁到距离二嫂新婆家不远的一个叫大河边的寨上,她们倒也经常往来,彼此常相照应。

"我是好多年没见到老妹了。"老东说。

"得两个崽了,一男一女,她还好,郎崽开班车,老妹帮他卖票,活路倒是轻松。"

"哦。"

"这回你又咋个得空来屋老东?"

86

"我在锦屏那边有一个工程,经常要去看哈子,今天走到高酿,我看天气好,就特意拐进来看我妈一眼。"

"你要多来看她,她今年身体我看不像往年了。"

"她那风湿老火。我们莫总讲话光二嫂,我们下楼去煮点甜酒吃吧,我妈做的有甜酒。"

"我才吃饱饭来,甜酒哪样我都不想吃了,我跟你坐点点,马上就要走了,家里头还等我去喂猪。"

"家里就那样离不开你?我们几十年没撞着了,再咋个你也要和我吃顿饭嘛。"老东说。

老东本来想问问二嫂新婆家的一些情况,但又担心有些唐突,就打住没问。不过他听母亲说过,二嫂改嫁过去的人家,男人是个退休的民办教师,有点儿工资,孩子如今都长大成人了,一切都还算好。

"饭我不吃了,你要有时间就跟我去住几天?"二嫂说。

"我哪得空!过年那几天还差不多。"老东说。

"那我走了,等你过年来屋我再来看你。你记得带崽来屋一回,让我们大伙都得看他点。现在怕莫长得比你高了吧?"

"嗯,比我高点。"

二嫂站起来,走出门,下楼。老东也跟着她出门,下楼。

楼下原先跟老东母亲在一起说话的人都走光了,只有老东母亲一人在守候着门市。

"我转去了二姐。"二嫂秋菊跟老东母亲打招呼。

"吃饭再去嘛。"老东母亲说。

"饭才吃饱饱的来,不饿,家里一大堆事情,我走了,想不到这回看到了老东,我们有二十多年没见面了,我老也罢,想不到他也老了。"

"你讲他，我都懒得讲他，讲他我胀气死了。"

"你莫忙走二嫂，你来我给你照个相。"老东怕妈妈说起自己的事情来又伤心落泪，就故意把话岔开。

"都老得像麻栎树兜那样了，还照哪样相嘛老东，莫照。"二嫂说。

"照一个，我想你的时候才得看你点儿。"老东说。

"我和你照一个妹。"老东母亲说。

老东母亲出面邀请，二嫂就不好推辞了。她就配合老东照相。

老东从镜头里看到的二嫂，再也没有了二十年前那种亮丽的肌肤和迷人的笑容，老东心里头又掠过一阵伤感和难过。

"前头孟优寨那桥断了，要不然叫老东开车送你到屋去。"老东妈妈说。

"就是咯，那路去不得，要去得我直接送你到家去。"老东说。

"送哪样唷，几步路，我自己走，其实走也没好远，现在的人有了车，都变懒了，以前没车子的时候，我们还不是哪里都走去来！"

她背起一个背篼，就辞别了老东母亲，走上了公路。

老东把二嫂送到公路拐角处，就停住了。

"那你慢走二嫂，我不送了。"老东说。

"噢，你快转去，你还可以再去睡一下，记得下回带崽来屋通知我。"二嫂说。

"噢。"

老东站在公路边，看着二嫂的背影慢慢远去，最后消失在拐角处，老东也打转回家了。

往回走的路上，老东觉得心里空荡荡的。他感觉有什么东西被二嫂带走了，又觉得好像自己还有什么话忘记了跟二嫂说。想了半天，他想起来是自己儿子的事——其实儿子早从美国回来了，儿子的妈妈也不在美国,如今他们都在省城里生活着,母亲在一所学校教书,儿子经营着一家小小的电器公司,过着普普通通的日子。儿子的母亲的确没有结婚,但儿子已经结婚成家了。不过儿子没把这样的大事通知自己的父亲,也可以看出他对待自己父亲的态度。他现在改了名,跟了母亲的姓……这些情况老东是从别的朋友那里得知的,事实上,自从跟前妻离异后,他再没见到自己的儿子,甚至在很长的一段时间里,他连儿子的任何音信和消息都没有……还有一件事情是,老东如今又离婚了,他现在是单身一人,不过这情况他还没告诉任何人,包括家里的人,都还没一个人知道……这样的一些事情,老东其实不是忘记了告诉二嫂,而是他根本就都不想告诉二嫂。

蝴　蝶

送走了二嫂,老东回到楼上自己的房间里,他想再躺下休息一会儿,但心潮起伏,已经丝毫没有了困意,就干脆不睡了。但不睡也不知道该干些什么,一时间有些手足无措,心神不定。他在房间里发了一会儿呆,就决定拿相机出门,到寨子上走走看看。

"你去哪里?"她母亲问他。

"去旧屋看看。"老东说。

老东说的"旧屋",就是老屋。先前,从老东现在居住的砖房可以看到他的木楼老屋,两栋房子本来是遥相呼应的,但后来有人来河边修建起了一栋豪华时髦的别墅式样的砖房,老东的视线就被挡住了,他从新屋的位置再也看不到自己的老屋了。当然老东去看老屋不是因为别人家的房子遮挡住他视线的缘故,他看老屋,是他的一个老习惯,用他弟弟的话来说,就是他的一个传统项目——每次回家,他都必然要到老屋去凭吊半天的。

老东的老屋因为长久没人居住,到处都散发出腐朽霉烂的味道,门前也长了很长很高的野草。老东这回只匆匆看过一眼,就离开了。他沿着原先的老路,一直往盘村下寨的田坝走去。这条路本来是以前的官道,虽然由于改道而早已荒废多年,但路基犹在,由鹅卵石铺就的精致路面依稀尚存。

走到一处小溪边,老东就看到了一座保存完好的小小石拱桥。老东立即就停下了脚步。他想起二十多年前的那个夏天,他正是在这里跟自己的儿子合影留念的,那时候他抱着不到两岁的儿子坐在这拱桥上,让他妈妈拍照纪念,儿子当时开心放肆的笑声至今犹回响在耳旁。但他万万没想到,在这次回家之后不久,他和前妻就离异了……因此他和儿子在故乡盘村的那张合影,竟成了他儿子在故乡唯一的一张留影。

再往前走,就是一个小小的山坳口了。这山坳既是清江县和凤城县一处地界的分水岭,也是盘村和么村地界的分水岭。两村人以山坳口和坳上的山岭为界,一边属于凤城的盘村,一边属于清江的么村。

岭上有一块水泥石碑,上面标明了立碑的时间是1992年,立碑的是国务院有关部门。老东站在那石碑前,不由又浮想起之前在这岭上发生过的一些历史事件。其中记忆中最深刻的一个事件,就是四十年前在这岭上发生的一次两村村民的大规模的集体械斗。那次事件的起因是么村村民的山羊吃了盘村村民的玉米苗,羊子被盘村村民当场屠杀,从而引起么村村民的愤怒,引发械斗,最终导致四十多人重伤,其中就包括妹红的父亲。

站在这山岭上,老东能把两个村的寨貌看得一清二楚。两村相距的直线距离其实不到千米远,当年走老路翻山坳口也不过一二十分钟的时间,如今沿着公路走河边距离就更近了,也就两三分钟的车程,走路最多十来分钟。

本来,这是两个唇齿相依的边地山寨,历史以来因为彼此开亲,其间的亲戚关系错综复杂,许多人家之间都是亲上加亲的。当年老东家和妹红家的关系正是如此。老东的大奶,即老东爷爷的大婆娘,正来自么村,属于妹红的姑奶奶一辈,而老东的父亲,却又跟妹红的父亲从小打着老庚,所以两家人本来是亲戚加朋友,亲近得不得了的。于是在妹红和老东都还在小小年纪的时候,两家老人就私下达成了一项协议,说要把这两个年轻人撮合成一对新人。这事情不仅由老人做主决定下来了,而且还公开对社会做了公布,妹红也就像是山上的一根木料,被人打了草标,做了记号,有主了,任何人都不能再打她的主意了……老东想起小时候每年都被父亲派去妹红家拜年,那时候的妹红已经知道害羞了,总是躲起来不敢见老东的面,而妹红的两个哥哥红星和红光却跟老东打得火热,他们跟老东玩一种叫滚铜钱的游戏,常常一玩就是一整天。

多年来,老东常常想努力回忆起妹红的面容,但总是徒劳,他实在记不得妹红到底长什么模样了。十年前那个桃花盛开的季节里,老东回家,偶然在旧屋那边见过妹红一眼,但老东当时心慌意乱,也没怎么看清楚妹红的面容,然后妹红又匆匆离去了。从那之后老东再也没见过妹红的面,甚至也没有关于妹红的任何确切的消息。

老东有时候也想跟母亲打听一些关于妹红的消息,但每一次话到嘴边,都没有说出口来。毕竟,在三十多年前,是老东主动毁约放弃这门亲事的,那时他意外而侥幸地考上了大学,而妹红连小学都没念完,差距一下子拉大了,所以他毁约,这地方上的任何人,包括妹红,都不会对他有半点道德上的谴责。

岭上的坡地里有人来给玉米苗施肥浇粪,远远听到粪桶系绳跟扁担摩擦的声音,走近了看却是一个中年男人。老东觉得那人很面熟,但一时间想不起来是谁,也叫不出名字,就赔着笑脸说:"这包谷是你的?长得好啊!"那中年男人抬头看到老东,也觉得有点面熟,也是叫不出名字来了,就说:"噢,还好吧,你来照相呀?"老东说:"噢,来照点相做玩!"那人说:"我们这地方风景还好吧,比你们城市应该有风景些,原先这里有几棵大枫树,那时候风景还要好,可惜那些树后来遭虫吃,死掉了。"

老东说:"哦,那可惜了。"

对于那人说的那些大树,老东当然是留有印象的,但那也是很遥远而稀薄的印象了,至于那些树的具体模样,老东的记忆是相当模糊的。

因为这天的天气好了一点,老东就一直在岭上寻找各种角度拍摄两个村寨的风景。那人浇完地就走了,走的时候不再跟老东打招呼。老东拍摄结束,也跟着那人下坡的路往么村方向走去。

虽说两村相距不过千米远,但老东已经很多年没走进么村了,他对么村的最后印象,应该是自己还没上大学前的时候。有一回他跟着寨子上的一群青年小伙伴来么村看电影,那天晚上所播放的电影片子叫什么名他已经记不得了,但他还记得那时候的么村还没有通电,电影是用一种脚踏自行车的方式发电的。几个年轻壮汉一直轮流脚踏发电,不小心把一个年轻女子的头帕带进了脚踏的链条里,那女子的惊叫使得所有在场的人都吓出了一身冷汗……那么,那时间过去了二十年?还是三十年了?老东不想去细算,他只想凭着记忆看看还能不能找到妹红的家。当然这念头他也只是一闪而过,其实他也并不真想去寻找妹红的老屋。

但因为心中有了那么一个闪念,他的脚步却情不自禁地往那个地方走去了。

妹红的老屋在幺村最里边，紧靠坡脚的地方，这个大方向老东还是记得的。但是，当他来到幺村寨子中间，还没有走到寨子里边的时候，一个声音叫住了老东——

"你是老东吧？"

老东抬头寻找那声音的来源，一时间却没找到，但那声音很快又从一户人家的猪圈里传出来了——

"我想了这半天，我估计只能是你。"

老东定睛一看，说话的正是刚刚在山坳上遇到的那个挑粪的中年男人。此时老东的脑子也突然一下子明亮清晰起来，他说："你是红星哥是不是？"

那个人就从猪圈里走出来了，说是啊，我是红星，我们有三十多年没见面了吧？我们都老得变形走样完了。

老东说，就是啊，这么多年了啊，你我都老了，我们主要是变胖变肥了。

红星说，你现在还戴一个帽子，我更是认不出来了……来来来，来屋坐。

"我记得你家好像在寨子里头嘛，咋个搬到这里来了？"老东说。

"旧屋还到里面，这是我的新屋。"红星说。

他把老东带到堂屋里，拉板凳叫老东坐，老东就坐下，边打量堂屋里的各种现代化设施，边问："你一个人到屋光？你妈她们呢？"

"我妈到我姐那里。我崽一家人到福建打工多年了，没转来。"

"大嫂呢？"

"也跟崽到福建嘛。"

"就留你一个人守屋？"

"就留我一个人守屋。"

"那你不酿？"

"酿有卵法！还不是要过日子。"

红星的新屋虽然还是木楼，但屋子里的摆设却相当现代化了，彩电、冰箱、饮水机等一应俱全。板壁上也贴满了各种年画和美人图，唯独不见红星父亲的遗像。

"我庚爹也走得二十多年了吧？"老东问。

"有了，有二十多年了。"红星说，"你爹走落后点儿，也差不多二十来年了。"

"唉，是啊，他们真造孽，他们在的时候，社会条件不好，苦得很，现在社会条件好了，他们却没福气享受了。"老东说。

"这时间你咋个得空来屋老东？"红星问。

"我有个工程到锦屏做，顺路来看我妈一眼。"

老东和红星正说着话，从门外突然走进来一个女人，远远就冲着老东很激动地大声说："老东，你来啦？你到那头照相，我瞅半天了，我看样子像你，但隔得远，不敢认，怕认错人，后来问他们，他们说是你，我才过来看看，走，到屋去搞饭吃。"

来人是老东的三姐，他亲大伯的三女儿，嫁到么村姜家。因为三姐每年都回家拜年，老东倒是经常见到，还不至于认不出来。

老东本来想多跟红星聊一下的，他想慢慢说话，看看能否打听到一星半点关于妹红的消息。但三姐一到来，又要喊他到家搞饭吃，老东就不好再待下去了，于是干脆借口说这时候光线好，要赶紧去照相，等会儿再回来搞饭吃。

"拍照？哪个时候都可以拍，先去屋，你哥木到屋。"三姐说。

"今晚就到我屋了，你莫转去了，我们两个好生款哈子，几十年没撞着了。"红星也说。

"好，我等一下转来。"老东说。

"那你等港一定转来屋啃！"三姐说。

老东一一承诺答应。但老东心里清楚，这一去，他就不一定再转来了。

当时的阳光确实很好，那是黄昏临近之前最后的一抹夕阳，暖暖地照着么村朝西的山坡和木楼人家，天地间一片昏黄明亮……老东就爬到么村西边的山坡上去拍摄寨子全景。

他爬到坡头，找到了一个可以看到么村全景的位置，一口气拍摄了好几十张么村的全景照。老东对这组照片很是满意。他心想，小时候虽然多次来过么村，但从未发现有这样一个观察么村的好角度，想来真是有些奇怪。

他还发现自己拍照的地方有几棵李子树，树叶青翠亮丽，树上挂满了青涩的果实。树下有一块菜园，园子里有一些没有被收割干净的萝卜菜，居然还在开着白色的菜花，有成群的蝴蝶在花间飞舞。而远处的么村田坝的阡陌上，有人在整理农田，准备插秧了。

远 亲

老东离开故乡盘村的那天早晨，盘江峡谷里笼罩着一层厚厚的浓雾。老东知道这雾会很快散去，他就并没有打算急着离开家乡——他想等到太阳从村头那棵千年榔榆的树枝间破雾而出时，摄下这一难得的精彩画面，但总有电话一直不停地打进来，他就坐不住了，赶紧收拾了行李下楼，准备返航。

他母亲闻声而动，走出门来，依旧像往天那样，拉一条木凳子坐在门边，要目送自己的大儿子离家远去——多年来她早已适应了这样的离别，所以从她脸上的表情，人们就既看不到她的喜悦，也看不到她的悲伤。

每次到了离去的时候,老东才后悔陪母亲说话的时间太少了。他明白母亲内心非常孤单,尤其是在父亲走了之后的这一二十年里,母亲更像是一只掉了队的大雁一样形单影只,孤独可怜。还有老东自己的事情,没一件处理得妥当,这也是最让老人放心不下的。老人曾经把大儿子看作她晚年生活最可靠的保障,但现在看来,老东连自己都保障不了,就别想去保障别人了。

从前老东离去的时候,她总要反复嘱咐,叫老东记得去看崽点,也要经常拿点钱给崽用,不能光付抚养费,你不跟他来往,以后他不会跟你亲近……老东每次都"噢噢噢"答应,但实际上他一次也没去看过自己的儿子——不是不想去看,也实在是看不到。那几年,母子俩的确是去了美国,等他们从美国回来,儿子也长大了,也不再认他这个爸爸了,老东一点儿办法也没有。

老东后来结的这个婚,婆娘倒是长得蛮漂亮,但女儿却不是自己亲生的,是婆娘带过来的。那女人原先自己开一家饭店,生意其实还不错,但因为生性好赌,败了家,男人出走了,后来被人介绍给老东。刚开始时,老东对她的印象很不错,以为找到了自己真正的幸福和归属,就很快结婚了。结果发现那婆娘好赌的脾性一点没改,争吵就开始了。再后来,因为老东常常四处开会接工程,在家的时间不多,那女人就公开跟着别的赌友上床了。老东为此跟那女人打过好几次,每一次那女人都说要改,但最终还是没改,老毛病一犯再犯,老东最后也死心了,不再闹了,而是跟对方和平办了离婚手续。不过这是最近才发生的事情,老东暂时还没来得及告诉母亲和家人。

其实所谓的家人也就只有老东的三弟和弟媳了。二弟一家去广东打工多年不归,跟老东已经没有了联系。三弟一家现在也因为孩子读书上学问题迁居到了县城,也很少回盘村。老东觉得自己跟家人的联系正在一点一点地减少，最终将会随着老母亲的去世而彻底消失殆尽。

"端午节带她们俩娘崽来屋咦。"看到老东要上车了，他母亲嘱咐他。

"噢。"老东低声答应道。

他发动车子，又走出来塞给母亲几百元钱，然后重新上车加油走了。

刚走出寨子不远，他就看到两辆摩托从他车边疾驰而过，险些与他的车子相撞，虽然自己已经有了七八年的驾龄，算是老司机了，但他还是大大惊出了一身冷汗。他提醒自己，祸不单行，千万不要再出什么纰漏，自己刚离了婚，如果再遇到车祸，那才是倒霉透顶。

车到岑卜村路口时，他从眼角的余光里仿佛看到路边有人在跟他招手。他立即从后视镜里得到确认，是有一个中年妇女在路边向他招手。他下意识地踩了一脚刹车，车子很快减速停了下来。那妇女也跟着跑上来了，他一看，竟然是妹红的二姐秋红，他堂哥老灯的婆娘，他的大嫂。而在大嫂背后，还坐着一个老年女人，那正是妹红的母亲，老东的庚妈。

"是老东啊？你车子还坐得人没？"大嫂问。

"坐得，你们去哪里？"

"去县城哪，你去哪里嘛？"

"我去锦屏，不过可以送你们到高酿。"

"到高酿也好咯，这里等车难等得很。"

老东把车往后倒了一点，倒到妹红母亲所在的位置，就下车去帮助妹红母亲拿行李上车。

"你去哪里孃？"老东问妹红母亲。

"咦，你是老东啊？我眼睛花了，认不出你来了老东，我身体差老火，你大嫂要我跟她到县城去看哈子，你来屋几天啦？"

"我昨晚到屋的嬢。"老东说。

"我没想到是你啊老东，我是乱招手的。"大嫂说。

老东把妹红母亲安排坐在副驾驶位置，并给她拴好安全带，又把行李一一放好在车子后备厢，再把大嫂秋红安排在后排位置，这才重新驱动车子往前走。

"我好多年没撞着你了老东，你不喊我我认不得你了。"妹红母亲说。

"不要说你认不得我了，就是比你年轻得多的人都认不得了。"老东说。"你们咋个来得弄个早？"

"我那两个崽拿摩托车送我们来，他们送到这里就打转了。"大嫂秋红说。

大嫂这样一说，老东立即想起刚才从盘村出门不远时差点与之相撞的那两辆摩托车，就问大嫂秋红有几个崽，多大了，都在做些什么。大嫂回答说有四个崽，全是男的，最大的三十多岁了，最小的也20岁了，没一个有出息，全部在家拿锄头把。

老东就说，在家其实也蛮好，出门在外的，也不见得个个都有出息。

"你那崽会莫也有二十多岁了吧老东？他现在到哪里？"妹红母亲问。

"他今年二十八岁了嬢。现在跟他妈妈一路到美国。"老东说。

"那他还认你没？"妹红母亲和大嫂几乎同时问道。

"认倒是认，但不像别的崽弄个亲。"

"那肯定咯，他离开你的时候太小了。"

"你弄多崽，那不是超生了大嫂？"老东不想继续这样为儿子的事情扯谎，赶紧把话题岔开了。

"是超了嘛,着罚了几万块钱。"

"那也还是划算,现在几万块钱是买不来一个崽的。"老东说。

"我们那个时候还不算太严,现在罚的款就多啦!"

"你有几个崽嬢?我昨天到么村遇到红星,我认不出他,他也认不出我了,本好笑。"老东说。

老东始终称呼妹红的母亲为"嬢",这是从大嫂这层关系上来称呼的,当然也是从老东和妹红小时候的关系来称呼的,但如果从老一辈的亲戚关系来喊,老东应该叫她"舅妈"或者"庚妈"。

"我?我有六个,跟你妈一样。"妹红母亲说。

"大嫂是最大的?"老东问。

"她上头还有一个姐,叫春红,她是老二,叫秋红,红星是老三,妹红是老四,红光是老五,小红才是老满。"妹红母亲说。

经老人这么一说,老东这才想起来,他小时候的玩伴中,的确还有一位红光,但不知道他现在的情况怎样?就问:

"红光现在到哪里?到外头打工?"

"红光?红光死得几年了。"

"死了?他咋个死的唷?"

"病死的,癌。"

"妈咦,他咋个弄个没福气唷!"

"唉,快莫讲了,那是他的命。"

"那大姐呢?大姐嫁到哪里?"老东又问。

"大姐嫁到清江县城,在县城一个小学当老师,她倒蛮好。去年我还去跟她住了一段时间来,她带我到处去做玩,大女婿崽也会开车,他们带我去海南、福建,哪里都去来……"

老东问起大姐情况的目的,本来是想引出妹红的消息,却不料说起大姐来,妹红母亲的嘴就刹不住车,老东只好单刀直入了——

"妹红和小红嫁到哪里？她们都还好吧？"

"妹红嫁到兰洞街上，小红嫁到湖北，小红的男人很会做生意，都蛮好。"

老东转弯抹角问那么多，本来的意图是想引出关于妹红的信息，因为他曾在无意中听村人议论过，说妹红也是离婚了的，但情况到底怎样，后来她是否再婚，这一切都无从知晓。

还有一点老东始终弄不明白，就是不知道为什么没有人对他说起哪怕是一星半点关于妹红的事情，连最爱在他面前唠叨的母亲，也从不跟他提起一句关于妹红的话。现在老东把话问到了这样的程度，妹红母亲居然就如此这般轻描淡写一笔带过，真是不可思议。

"还是你妈有福气唷老东。"妹红母亲感叹说。

"我妈有哪样福气唷孃，我没把她气死就算好了。"老东说。

"同样是养崽，你妈的崽个个有出息……"

"都一样的，孃……"

说到这里，老东突然感觉心里堵得慌，他立即踩刹车减慢了速度，问：

"你身体是哪里不好嘛孃？"

"胃痛，吃不下东西。"妹红母亲说。

"哦，那要注意，难怪你那么瘦。"

"是咯，要像你妈那样吃得做得就好了。"

"我妈身体这两年也差了。"

"我们都老了，我今年八十二岁了，我比她大几岁，下次你来屋，就没晓得还见得到我不咯……讲起来也是，比起你舅和你爹他们来，我也算是有福气了。"

有电话又打进来了，老东没有跟电话那头讲什么，只"哦哦哦"应承了几句，就挂掉了。

车子也很快抵达了高酿镇，按说老东此时该打方向往锦屏去，然后把母女俩卸在这里，但老东没有这个意思，他把车子直接开上了去往县城的路。

"咦，你不是要去锦屏吗老东？"大嫂秋红问。

"我先送你们去县城。"老东说。

"那不耽搁你老火？"

"没关系的，公家的事情做不完的，但我这辈子却难得有机会送你们一回。"老东说。

"那就谢谢你啦老东。"大嫂说。

"亚修唉呀东噢！"妹红母亲突然说了一句侗语。

老东知道这是一句感谢的话，也立即回复说：

"比亚学孃。"意思是莫这样说亲妈。

"你有事情就不要送我们老东，我们在这里等车也蛮方便的。"大嫂秋红说。

"我的事情不要紧大嫂，都到这里了，去县城也没多远了，我干脆送到底吧，你们拿那么多行李，上下车也不方便。"老东说。

从高酿到凤城县城的路程的确不算远，也就十多公里的样子，但路烂，不好走，老东开得很小心，一路上话就少了。

到了县城的大花园边上，母女俩要求老东停车。老东问不是去医院吗？大嫂说，因为要陪孙崽上学读书，我们在这里租得有房子，我们先回家放东西，下午再去医院。

老东知道，在最近的一二十年里，农村小学先后被合并或撤销，已经所剩无几，如今农村的孩子都只能来到县城找学校读书。又因为孩子太小，生活不能自理，大人们被迫前来租房陪读。老东的三弟举家进城，也属于这样的情况。

老东把车靠路边停好，然后自己下车来给母女俩开车门，又帮他们从后备厢取出行李,再一一交到她们手上。之后,老东从钱包里拿出一千元塞到妹红母亲的手里,说,嬢你好好看病,你心头莫乱想,你活到一百岁没问题,等你活到九十岁,我来给你祝寿。

"你咋个送我弄多钱?"妹红母亲说。

大嫂一时间愣住了,她不知道该说些什么才好。老东却说了声再见就把车子往前开走了。他到十字花园里掉了个头,再朝着来时的方向往回走。

老东打开音响,只听了一句,就立即关掉了,他知道自己此时并不想听任何歌曲。

2015 年 3 月 24 日于湘潭

哭嫁歌

1

老东大妹的女儿花朵要在年前出嫁，这消息之前他竟然一无所知，家里没有一个人正式通知他，想来真是不可思议。

他是通过微信从花朵的弟弟花果那里得到消息的。先是花果问他，大舅，你什么时候放假啊？他答复，要到腊月二十九去了。花果就说，那你赶不上我大姐的婚礼了。老东很吃惊，赶忙问："你大姐的婚礼？她要出嫁了？她什么时候出嫁啊？"花果说，你居然不知道啊大舅？我妈妈没告诉你？外婆没告诉你？老东说，没有，没人告诉我。

仅仅过了半个小时，大妹的电话就打过来了，大妹的解释是，她以为妈妈通知大哥了，妈妈又以为我通知大哥了，却是把最重要的人给忘记了……一直以来，老东和大妹一家的关系特别好，老东心里也很清楚，在家人中，或者说在这个世界上，大概除了妈妈，就只有大妹最关心他了，所以他并没有责备妹妹，只问具体时间安排在什么时候，新郎家是谁。老东大妹说日子确定下来是腊月二十四,新郎是我们本寨学兵家的独儿子茂盛。

"啊?咋个是他家?"对于这个结果,老东显得很意外。

大妹叹着气说,你莫讲那背时的花朵,我那样话都跟她讲完了,她就是不听,就是要去跟茂盛,就像除了茂盛天底下就没了男人一样。

老东沉默了片刻后说,既然已经这样,那就好好打发崽。大妹说,那也只有这样了,还能咋样。老东说,那二十四那天我来屋,你需要哪样就跟我讲,我给你带去。大妹说,那你一定来,工作再忙你也要来。又说,其他不用你管了,你到时候把大嫂和小小一起带来就行。

老东嗯了一声就挂断了电话。但电话放下后他心潮起伏,心绪难平。他想到的是时间过得真是太快了,二十多年前,他跟前妻离婚,也就在那年的年底,大妹出嫁,嫁到一个天远地远的山旮旯里,他和他堂哥老正去当"皇客",跟大妹的婆家人唱了两天两夜的酒歌。第二年大妹生下花朵,名字还是老东给取的。大妹问他,你看给这妹崽取个哪样名字好大哥?老东看着大妹怀里可爱的孩子,说,就叫花朵吧,来年你再生一个男崽,就叫花果。果然,第二年,大妹真的生了一个男崽,就叫花果……在后来的许多年里,老东每年回家,都能看到妹妹拖儿带女地回到故乡老家来给母亲拜年,老东自然每次都少不了要打发大妹两个崽女一点儿压岁钱。想不到一转眼,花朵如今嫁人了,花果也在城里念着大学,老东就觉得人生真是如人们说的,像一场梦似的。

老东在电话里听到妹妹特意交代了要他带大嫂和小小一起回去参加花朵的婚礼,大妹这里所说的大嫂,当然就是老东后来再娶的媳妇,一个同样的再婚人。开始的时候,两人如胶似漆,恩爱得不得了,小小是她前夫留给她的遗产,老东继承了,但关系一直不怎么好，后来跟媳妇的关系也闹僵崩断了，一年前干脆就离了。不过这次老东为了不让家里人再为他担忧，他没声张。至今没人知道他其实又一次单身了。

2

腊月二十四日这天清晨，老东驾驶了多年的那辆破烂的猎豹越野车停到了盘村老家门口。一看到这车子，盘村的人都知道老东回家来了。

最先发现老东到家的是哥关，他每天清早要挑鸭子到大塘去放养。这天他照例清早去放养鸭子，回来的时候，他就拉开嗓子在老东门前喊："老东，你来屋啦？"老东在屋里听见了，就答应他说："哎！哪个？哥关啊？"

老东是昨晚回到家的，但到家时已经很晚了，弟弟一家和母亲都已经睡觉，他也不叫醒他们了，自己停好车，就上楼睡觉——老东在盘村有一间属于自己的小小居室，紧挨着弟弟的厨房，其实就是借着弟弟修建厨房的时候，自己搭建的一个小小偏厦。有两层楼，楼下是弟弟的厨房和卫生间，楼上是老东的卧室兼书房。因为房子建在公路边的一个小山包上，地势较高，视野开阔，所以从老东的卧室里往外看，可以看到整个盘村，也能看得到公路上一切来往的行人和车辆。

哥关是在公路上叫喊老东的，老东那时还没起床，他先是在床上答应了两声，接着就起身推窗往外看，就看到哥关在公路上喊他。哥关说，没什么事，就是问你今天要去圭丫不？

圭丫是老东大妹嫁去的那村子。

老东说："要去！等一岗去。"

哥关就说，你要去就算了，不去的话，来我家款点，我上星期才烤了一锅好酒。

老东笑着说，你鸭子都放了，还款哪样？

哥关说，咦，菜多得很嘛，鸭子放了，鸡还有几只嘛。

老东说，那你留着吧，我今天要去大妹家。

"那你先走，我们明天来。"哥关说着就往公路上走了。

老东穿衣下楼，母亲和弟媳也刚好起了床，打开了家里小卖部的卷帘门。

"妈！"老东跟母亲打招呼。

"你昨晚来那么晚？我听到车响，估计是你，但我睡了，也不想起来了。"

"你要去老妹那里不？"老东问母亲。

"我还去得？要去得我早去了。"老东母说。

老东母亲这年也七十九快上八十岁了。她的身体一年不如一年，老东想起几年前还跟妈妈一起到楠洞乡场赶场，转眼间她老态龙钟，步履艰难，步入了真正的人生晚年。

"你想去的话，坐我车去，有哪样去不得的？"老东说。

"公路只通到寨子上，离她家还有蛮大一个坡。"老东妈妈说。

的确，老东大妹的家单独建在圭丫村的半山腰上，距离寨子还有蛮远的路，这个情况老东当然是知道的，妈妈要走那截路，爬那个大坡，可能真的很难了，所以他也就不再勉强妈妈，问弟媳有人坐他的车去不？弟媳说，你去弄个早搞哪样？人家猪都还没杀。老东说，我去早点儿，才有米豆腐吃。弟媳就说，那你去吧，我们等下自己坐车来。

弟弟也有一部五菱面包车，他靠这车子拉客谋生，钱是没赚到什么，但有这样一个事情做，总好过在家闲着。他早年外出打工，什么样的工种都干过了，东奔西跑十多年，结果是一分钱没带回家来，回家的路费还是要他大哥给他出的，但带回了一个安徽农村的媳妇，也算没白混那么多年。

老东发动车子，开上了公路，径直往圭丫方向去。车子里播放的是一种很古老的侗歌，叫《伴嫁歌》，是侗族青年男子在姑娘出嫁前夜唱叙的分别歌。那碟子是县文化局的一个朋友给他的，朋友是那古歌的收集者，也是那光碟的制作人。他们本来是为一个"非遗"的保护项目而专门收集和制作的，他知道老东喜欢侗歌，就送了老东这张光碟。

3

老东把车子停在圭丫村寨子中间的空地上。锁好车子后，他开始爬坡往山上走。那寨子是缘山而建的，清一色的吊脚木楼，从坡脚延伸到山顶，因为坡陡，其实一整匹坡也建不了几栋木楼，他大妹家差不多到山顶上了，这地方视野开阔，空气清新，倒是个很好的养生居所，但要在这里生活，那就还是有诸多的不方便。那年嫁大妹时，这圭丫寨还不通公路，老东来当"皇客"，是走路进来的，后来又走路回去，爬这大坡他出了一身大汗，老东当时就赌咒发誓说，今生今世，就是拿枪逼我，我也不会再来这地方了。

大妹家门前有三棵大松树，妹夫老秀在松树间架设了几块木板，供家人乘凉，因为坡大、山高，来风也大，夏天乘凉，倒的确凉快无比，不注意加衣服还会感冒，但冬天就冷了。不过这天天气晴和，又没有风，松树间的木板上还是坐满了人，有人远远看到老东往山上走，就立即报告了大妹一家，大妹就吩咐女儿花朵和儿子花果出门来迎接大舅。她还特意嘱咐花果要放一挂鞭炮，以示隆重。花果听话,赶紧出门来放鞭炮。一阵噼里啪啦的响声过后,老东出现在松树脚下,花果和花朵奔过来拉住他的手,说我爸和我妈念你几天了,担心你工作忙,来不了。老东说,工作是很忙,但再忙,我花朵的婚礼还是必须出席的。花朵把头依偎在老东怀里,撒娇道:"还是我大舅对我最好。"

猪已经杀过了,有人在猪圈旁边处理猪的尸体。更多的人排排坐在大妹家门前的空地上晒太阳。大妹在屋里屋外忙着,妹夫老秀更是忙得打颠倒。他们匆匆跟老东打过招呼之后,又投入了繁忙的活路之中。妹夫的弟弟老向在门口收礼。老东拿了一个大红包交给他,说:"今天你最忙。"大伙就笑着说,他是忙,但他越忙就越喜欢。妹夫弟弟一边给老东登记礼钱数量,一边给老东递烟。老东说,我不抽烟。大伙说,喜烟,抽一竿。老东就接过来了。他没点上,而是转身交给了旁边一个抽烟的人。那人说:"哟,干部不抽烟,少见。"老东虽然在县里只是个副科级干部,但这副局长也当得有二十来年了,县里上下人物跟他都熟悉,在地方上也算是个闻人了,在亲朋好友中更是广有名声。有人听说老东来了,都纷纷来跟他说话聊天,或者跟他合影留念,老东妹妹却不知从哪里钻出来,一把拉住老东往里屋火塘间走。"你先来吃饭倒,"大妹说,"你早餐肯定还没吃。"

老东大妹要给老东吃的茶叫油茶,这不是一般意义上的茶水,而是侗族的一种特殊食品,主要原料有米豆腐、包谷、炒米、节骨茶,加肉汤做成,这种茶是侗家人的特别喜好,每逢婚丧嫁娶,必然会做来给客人吃,是正餐前的开胃美食。

老东从小爱吃油茶,尤其喜欢吃大妹做的油茶。大妹给他盛了一大碗,老东说,太多了,吃不完。大妹说,吃得,这个米豆腐好消化,一岗岗就饿了,我们还要等蛮久才有饭吃。火塘间也有一些刚到的客人在吃茶,大伙也都称赞这茶味道很好,多吃点儿没问题,实在不行,晌午饭不吃都可以。老东就不推辞了,端起碗就吃。

"你请了多少桌人妹?"老东问他大妹。

"晓得他们,大概有二十来桌吧。"大妹说。

"现在年轻人都到外面去打工去了,村里人不多,能请到二十桌人那就很不错了。"有人这样答复老东。

"年边来了,可能有些人也回来了吧?"老东说。

"回来了一些,但我们村是移民村,大多数人都搬到城里去了,在家的没几个。"大妹说。

圭丫是移民村,这个情况老东当然是知道的。地方政府为了实现城镇化和工业化,出台了一系列措施,包括在县城附近修建移民村,实施移民补偿等,总之是用一些优惠政策吸引村民往城市里迁移。当初大妹还想请老东帮忙在县城里搞到一个移民安置房指标,老东说,那个房子住不得,那是县政府的阴谋诡计,房子全部是豆腐渣工程,搞不好会出人命的,你那里空气清新,水也干净,有吃有穿,瓦房几大间,根本住不完,何必去操这个心。老东大妹和妹夫觉得老东说得也有道理,就忘了这事。

"莫讲你们村是移民村,我们村不是移民村也没几个人在家了。"老东说。

"就是啊,不晓得咋个做,现在做哪样事情都找不到人手了,死了人,也找不到人抬,想来这社会真是奇怪啊,以前嫌人多,现在又觉得人少了也不是好事,真的不晓得咋个讲。"有人这样附和老东。

"你咋个不带大嫂和小小来?"大妹突然这样问老东。

"她们忙,到年边了,活路多,请不了假。"老东随口撒谎道,他为自己居然能如此自然地撒谎感到吃惊。

"大嫂忙,小小该放假了嘛。"大妹又说。

"她明年就要高考了，在读补习班，更忙，比她妈还忙。"老东说的这个倒是事实，但这事实跟他没一毛钱关系了。他不想再这样跟妹妹扯谎下去，就转换话题，说："二十桌，你一头猪也不够吧？"

"一头哪里够，光今天就杀了三头，现在的人，虽然不像以前那样能吃肉了，但面子越来越大，一桌菜没有摆够十八盘，人家就会骂人。"

"面子大，礼性也大，一样的。"有个正在吃茶的大嫂插话说。

老东看着说话的这人，觉得很面熟，但一时想不起来是谁，就对大妹说，这个嬢好像在哪里见过。那位大嫂说："我你都认不得了呀老东，你们当干部的记性本差火啊。"大妹介绍说："这是老秀的叔妈，那年你跟她唱了一晚上的歌你都记不得她啦？"老东这才想起，二十多年前嫁大妹过来时，老东来当"皇客"，正是跟眼前的这位叔妈唱了一晚上的《出嫁酒歌》，虽然那时候跟这位叔妈对唱的主要是老东的堂哥老正，但老东当时现编现唱的几首歌也很令在场的人感叹，说那几首歌唱得实在太好。而老秀的叔妈对答得更好。当时所有在场的人都听得如痴如醉，夸赞这是他们听到的编得最好的《出嫁酒歌》。老东当时对跟他们对唱的这位端庄雅致又风韵犹存的中年妇女印象非常深刻，很多年里，老东头脑里都始终难以抹去这女人的形象，在老东的内心深处，他其实是很喜欢这种类型的女人的，他甚至曾私下里设想过，如果这女人再年轻一点，他就愿意不惜一切代价去追求她……不过从那以后，老东再也没见过这女人。但她记得这位叔妈的名字，叫作月香。

4

　　吃完茶,花朵和花果过来叫老东去帮他们照相。花朵已经打扮一新,穿着一件大红色的旗袍,头挽高髻,看上去很是美丽可人。老东的眼睛一下子感觉有些湿润。他想起眼前的这两个小孩是他一天天看着长大起来的。在他们还很小的时候,他们就经常跟着妈妈回到盘村去走外婆,老东没少照料他们。好几年的春节里,老东给他们拍照留念,老东头脑里至今都还储存着他们穿开裆裤的模样。但是,一转眼,他想不到这两个小孩都长大成人了。尤其是花朵,在老东的记忆里,好像去年她都还是很不起眼的一只灰不溜秋的丑小鸭,谁料她却在一夜之间变成了一只光芒四射的白天鹅。

　　花朵和花果把老东带到屋背后的一片玉米地里,要老东给他们照相。老东就摆布他们照相。一边照,老东就一边想着自己的大儿子。离开他时,他才两岁半,还不到三岁,正是最黏人的时候,那时候老东每次出门上班,那宝贝就哭得呼天抢地的,真叫老东心疼。后来老东跟他母亲闹得不可开交,到了非离不可的程度,老东说他什么也不要,只要这孩子。但他妈妈也说,她也是什么也不要,只要这孩子。后来孩子的妈妈使了点心计,就把孩子的抚养权弄到手了。其实所谓心计,无非一是以死相逼,二是美言诓哄。老东那时年轻,头脑简单了点,就依了她,结果那女人先把孩子送到乡下老家藏起来,后来又带到美国去上学读书,再之后她把孩子户籍、姓名、民族全部都修改了,同时也成功地给孩子灌输了"爸爸是坏爸爸"的观念,老东从此就再也见不到自己的孩子了……许多年里,老东根本听不得别人家的孩子叫爸爸,每叫一声爸爸,他的心里都会感觉到剧烈的刺痛。后来再婚,对方带来一个乖巧女儿,在情感方面多少算是有所弥补,但失去儿子的伤痛始终没有彻底治愈,这也仿佛一道深刻的伤口,先是随着时间的流逝而使得伤口在表面上暂时愈合了,但又随着时间的推移而不时旧伤复发,疼痛终究存在。到后来她带着女儿离去,老东人到晚年,竟然落得两手空空,那伤口就仿佛再次化脓了,就连轻微的触碰也不行。

"你今年几岁了花朵?"老东问花朵。

"我?二十二岁了大舅,你都记不得我几岁了大舅?"花朵说。

"哦。我记得的,我是怕记错了,问你一下。"老东说。

"我小时候的照片你都还保留得有吧大舅?要是你得空的话,就帮我找出来,然后给我刻录一个光盘好吗大舅?"花朵说。

"可以啊,那要等我得空,我现在实在是太忙了。"

"呲!谢谢大舅!谢谢大舅!"花朵说。

花朵还是像小时候那么可爱,那么黏着大舅,但是,现在的花朵,再也不能像小时候那样吊在大舅脖子上跟大舅撒娇亲昵了。花果也一样,老东觉得花果小时候亲近自己胜过亲近他爸爸,现在的花果固然也还是很亲近大舅,但跟大舅的关系也发生了一些细微的变化,至少老东感觉到花果再也不能像小时候那样哭喊着要大舅给他买各种礼物了。

"大舅,我要吃果糖。"老东记得这是花果小时候最经常跟他说的一句话。他记不起来那时候花果是几岁了,但他忘不了花果总是满脸鼻涕的样子。有一年春节大妹带着花朵和花果来老家盘村拜年,几个孩子正在堂屋里玩耍,突然不知怎么的,花果就口吐白沫,眼白上翻,吓得一家人魂飞魄散,老东把花果抱在怀里,一边给他掐人中,一边大声咒骂鬼神,结果奇迹发生了——花果转危为安,而且从此再也没犯过类似的毛病。大妹和妹夫都说,这崽的命是大舅帮捡来的。

"今天晚上你要唱哭嫁歌不花朵?"老东一边给花朵拍照,一边问花朵。

"我哪里会唱嘛大舅,你又不是不晓得,我一直在学校读书,从来没学过,不会唱咯。"花朵说。

"不会唱我教你。"老东说。

"现教我哪里记得住嘛大舅,我不唱了,现在我们这一代人都不唱了。"

"原来嫁你妈过来的时候,你妈是唱的,按照我们的老规矩,还是应该唱的。"

"我不会唱咯大舅,晓得早跟你学。"

老东唱:

"爹妈盘你得一岁,听你哭喊本心焦。放在家中无人带,背你去坡又怕太阳照。"

唱完,老东问花朵:

"好听不花朵?"

"好听。"花朵说。

"要不要我教你嘛?"老东说。

"我唱不来。"花朵说。

老东又唱:

"爹妈盘我十八年,离家出嫁在今天。今天日好时也好,不去也难去也难。"

5

客人陆续到来,鞭炮声不绝于耳。上午的流水席中餐已经开始了。花果和花朵跟大舅照了一会儿相,都重新回到了各自的岗位——花朵负责给客人散烟敬茶,花果则招呼客人到各处就座。老东被妹夫的几个亲友带到楼上一间单独客房喝酒吃饭,他们的意思,是要陪老东大醉。在喝酒方面,老东遗传他父亲,一般很少遇到对手,但他现在上了年纪,也不想多喝了。不过,跟说话投机的人在一起,他也不太拒绝。

妹夫的亲友中,有一个是村委会的主任,即所谓的村主任,另一个是镇上的小学老师,人都很本分,老东很喜欢他们。

酒过三巡之后,他们唱起了酒歌。主人家看来是有所准备的,他们叫来陪老东喝酒的两个人都很能唱,后来又加入的两个女人,一个是妹夫老秀的堂嫂,一个就是老东熟悉的老秀的叔妈月香,都是很能唱的主,唱起来都是一套一套的。大概是妹夫老秀知道老东喜欢这一套,因而刻意安排的。

"你一点没变啊老东,看来还是吃国家饭的人命好。"月香说。

"是人哪有不老的嬢,何况现在吃国家饭也不那么好吃了,活路多,累,还有风险,人也是提心吊胆的。"老东说。

"当干部有哪样风险哟,怕是像人家讲的,好玩死去。"另一位大嫂说。

"没风险?去年县里进去了四个局级干部,三个副县级干部,现在搞哪样没风险嬢,我老弟去年种那几丘田,全被假种子害了,一棵谷子都没挑到屋,那不也是风险啊!"老东说。

"现在确实也是这样,搞哪样都不容易。"两位男主人附和着说。

"来来来,那就莫管这些,我们唱歌喝酒,得过一天算一天。"月香说。

"那你起头来。"老东说。

"老东你是读书人,你来起头才合适吧,我们书没读过一天,哪敢在老师面前卖乖啊。"月香说。

"我嬢本会讲笑话,哪个不晓得你是我们地方的歌王,快来,莫谦虚了,毛主席讲,过分谦虚就等于骄傲了。"老东说。

老东这话把大伙都逗笑了,因为大家都晓得,毛主席并没有讲过"过分谦虚等于骄傲"这样的话。

"好,那我就起个头,不礼貌的地方请大舅多包涵啊。"月香说。她随即唱道:"今日开言唱一声,亲朋好友都来听;六亲百客都来到,都来恭贺分花人。"

月香那边声音未落,老东这边的声音立即就起来了:

"今日天好分花秧,亲戚朋友聚一堂;歌仙、歌师都惊动,为花分去万年长。"

老东的歌声一落,几个吃饭喝酒的,还有挤在门口听歌的,都一齐拍手称赞,说老东唱得好。月香说,这回我"大数"啦,遇到真正的歌师傅了。

月香说的"大数",是侗语,直译的意思是"断了师傅",意译就是遇到真正会唱歌的人了,唱不出歌来了。

老东也用侗语说,我嬢要"大数",那天底下就没人会唱歌了。

果然,月香的反击开始了:

"正月栽花十月红,十月怀胎娘心痛;婆家欢喜得花去,婆家屋满娘家空。"

老东说,我这才是真的"大数"了,话虽如此,但歌声也跟着又起来了:

"一年栽花十八年红,哪人栽花不心痛;是娘都晓得盘崽苦,是花总会有人谋;谋花的人各料理,几年又转分花来。"

老东和月香就这样一唱一和地对起歌来了。听歌的人也越来越多,差不多把整个二楼的楼道都堵住了。有些听歌的,也不时会帮腔唱上一两句,老东和月香都一一作答。有人就提建议说,这房间太狭窄了,干脆到堂屋里去唱,好让大伙都得听。月香说,这要看大舅的意思，今天是天上雷公最响，地上舅公最大，今天母舅说了算。

老东说，堂屋现在忙进客，不方便，还是在这里唱安静些。大伙觉得老东说得也有道理，就继续在原地喝酒唱歌。

一晃二十多年过去了，月香的歌声还是那样美，一点儿没变，这一点让老东十分震惊。但同样令他震惊的，还有她不变的容颜。按辈分推算下来，月香这年差不多也该是七十多岁的人了，但看上去她还像是五十多岁的样子，并不比老东老多少。二十多年前老东来跟月香唱歌的时候，老东不是没有被月香迷人的歌声和容颜感动过，他记得有那么几个瞬间，他被她的歌声吸引，甚至都产生过把月香"拐跑"的冲动，他觉得跟这样的女人生活在一起，那一定是非常幸福的。当然他也知道这念头只是像火星子那样闪烁跳跃一下而已，不可能变成真正的现实，因为那时候的月香不仅有丈夫、有孩子、有家庭，而且听堂哥老正说，月香还是老东父亲年轻时候的歌堂伙伴，就算老东思想再怎么解放，他都不可能突破到这一层人伦关系上，何况老东的思想其实并没么解放……但现在不同了，现在老东的父亲去世多年了，老东是单身了，月香也早已是单身了——她丈夫已经病逝多年，她的子女都已经各自成了家，月香其实是一个人孤零零地生活着的。老东有一次问她，嬢月香你咋个那么会唱歌啊？月香答复说，你不晓得啊东，我一个人在屋，酿得很啊，所以就只有唱歌来打发时间，唱多了，自然就会唱了。月香说的"酿"，是地方汉语方言"寂寞"的意思。月香这话，差不多等于是说出了老东同样的心声。长年累月里，太多的漫漫长夜，太多的独守空房的日子，老东当然最明白那个"酿"字的真实含义。

唱到下午三四点钟的样子，大家也唱累了，两位老年妇女先撤下，说是要回家去带孙崽。另外两位男主人家就要扶老东下楼到客房休息。老东说，不用扶，我没醉。但下楼的时候，脚步还是有些偏偏倒倒的。那位小学老师就大声喊花果，叫花果来扶老东。老东却叫花果去帮他把相机拿来，说要给大伙照相。那些在门口晒太阳的人都看着老东笑，并且夸奖老东的歌唱得好。老东说，讲我唱歌唱得好，那不是事实，我的嗓音跟我爹一样，都是公鸭型的，唱客家歌还勉强可以听得下去，唱侗歌就很不好听，但是，我喜欢唱，我爱唱，这是事实，因为我从小就是听我爹他们唱歌长大的。我老者他们那时候，只要一喝酒就唱歌，他们的嗓子也不好，但他们说，唱歌可以解忧愁，我那时候小，不晓得他们讲的忧愁是哪样，现在我老了，我晓得哪样叫忧愁了，所以，我也要用唱歌来解忧愁……有人就说，你有哪样忧愁嘛老东，你当国家干部，一天到晚开个车到处跑，哪里好玩去哪里，成天有人请吃饭，一年到头吃吃喝喝算工作，工资一大把，全部存银行，风吹不着你，雨淋不到你，太阳也晒不到你，你忧愁哪样嘛……老东就看着那人，想说点什么，但话将出口之际，他立即打住了，转而满脸堆笑对那人说，今天嫁我花朵，我高兴，所以我唱了几首歌，我高兴……老东大妹和妹夫听到老东的声音，就知道老东确实醉酒了，就亲自过来扶老东去房间休息。老东说，你们不要扶我，我没事。又说，花果，我们去照相去。

花果问去哪里照。

老东说，到寨上去。

老东大妹和妹夫看到老东虽然醉酒，但头脑还算清醒，就不再勉强他，只嘱咐花果一定要好好招呼大舅。花果说，我晓得。说完就扶着大舅往山脚下的山谷里走去了。

6

老东和花果回到圭丫寨子上时，刚好赶得上新郎家人来接亲。

他们都是坐车来的。不知从哪里弄来的车，有好几台，都贴了红色的喜字，整整齐齐摆放在路边，紧挨着老东的车子。然后一大群人拿着各样东西爬坡上山，往大妹家去。

新郎茂盛身穿崭新的西装走到队伍的最前面，手里抱着一束鲜花，后来跟着人鱼贯而行，因为都是老东的本家，当然都认得老东，就远远地跟老东打招呼。老东因为出门在外多年，认得的人却不多，只能从相貌上猜测到对方可能是某某人的子女。包括茂盛，老东其实也并不认得，但茂盛长得实在太像他爸爸了，所以老东一眼就看出他是学兵的崽。

"大爹！"茂盛跟老东打招呼。

"来啦？"老东说。

"嗯。"茂盛微笑着答应。

"哚哚哚，你长得太像你爸爸了。"老东说。

"哦哦……"茂盛不知道该如何答复老东。

有一个吹唢呐的，一直在使劲地吹，正是哥关，老东跟他招了一下手，哥关也点了个头。跟着鞭炮就激烈地响起来了，浓烟滚滚升腾，声音震耳欲聋，大家都拼命往大门前跑。大门前却不知道什么时候安放了一张长凳子，大家都被堵在门外了。屋里有人唱起了拦门歌。门外来接亲的，当然也早有准备，一一以歌对答。如此一番礼仪之后，长凳才被拿开，大伙才从堂屋挤到火塘间去吃油茶。

火炮一直在屋外响个不停，硝烟弥漫，呛得人直咳嗽。老东心想，这么长时间响着火炮，这得要花多少火钱啊！茂盛父亲去世得早，他很小就失了学，后来一直在广东深圳那边打工，他不是国家干部，他去哪里搞来那么多钱？如果是借钱来撑这个面子，那实在没必要。

唢呐倒是停歇下来了。唢呐有两支，一支是新郎家请来的，吹的人正是哥关，他是地方上最出名的唢呐师了，还有一支是新娘家这边请来的，人老东不熟悉，但他的唢呐也吹得不错。从新郎接亲的人上坡开始，他就一直在吹奏《迎宾曲》，现在也累了，跟哥关一起坐在堂屋大门口歇气。有人给他们端来油茶，他们先是推辞说不想吃，但有人又提醒他们说晚饭还有一岗岗，先吃碗油茶垫垫肚子，他们才接过来吃了。

待屋外的火炮声一停，堂屋里就开始了另外一种仪式，就是由新郎家代表给新娘家祖宗牌位上香祭拜，这个仪式原先在侗族社会里是没有的，是近年来从别处汉族地方传播过来的。原先侗族地方不仅没有这个仪式，就是祖宗牌位也没有。老东是个比较留恋传统的人，所以他对这一套仪式不感兴趣。不过，当新郎的堂满叔老贵点燃香烛和钱纸的时候，那迷人的光影让老东心动了一下，他想拿起相机拍摄下那一瞬间，但当他打开相机，把感光度调好时，那情景早已消失了。

新娘家的流水席晚宴早已经开始，客人进进出出，一拨又一拨，热闹非凡。新郎那边来接亲人还要等到这些人吃完之后他们才有饭吃。有人就来招呼老东去吃饭。老东说，我中午的酒都还没过，晚饭我就不吃了，我想回盘村老家去休息了。那些人就说，你想休息我们这里有的是床铺，但饭还是要吃，酒你可以随意。又说，你走哪样走嘛，等一岗我们还要看人家"画腊扫"。老东说，这个有哪样看的，我们又不是没看到过。那些人说的"画腊扫"，即别处地方说的"打花脸"，就是当新郎家来接亲的人——这些人在本地侗语里叫"腊扫"，在本地汉族中叫"关亲客"——上桌吃饭时，新娘这边的"姨嬢"——即伴娘——们，要用锅烟子涂抹到那些"腊扫"的脸上，说要给"腊扫"打记号，以便下次路上遇见还认得，其实是相互戏谑，以此娱乐。

大妹听说老东想回盘村老家,就过来问他能开车不?老东说,慢慢开,没事。大妹就说,你要走我也不留你,这里嘈杂得很,我和老秀也没空招呼你,你要走就走吧,你今天也累了,早点儿回去休息也好,我拿点儿米豆腐你去吃,还有点儿菜你拿给妈。老东说,米豆腐你就留着吧,我拿去也没时间做。大妹说,叫大嫂做给你吃。大妹知道老东特别爱吃米豆腐,就坚持要老东带走。却不知道老东又已经离了婚,再没人给他做早餐吃了。

老东拿了大妹送的米豆腐和肉,正准备出门,大妹也在吩咐花果送大舅到坡脚,不料迎面遇着了前来吃饭的月香叔妈。

"咋个?你要走?"月香说。

"今天陪你唱了半天的歌,又跟花果去跑了半天,我也累了,我想回去休息了。"老东说。

"你莫走!"月香说,"先跟我去吃饭,我们再唱几首歌,你要休息,去我那里休息,清静得很,保证你睡到明天中午都醒不来。"

月香的屋不在寨子上,是单独建在寨子背后的山湾里的,二十多年前老东和堂哥老正跟着月香去过一次,月香请他们兄弟俩吃饭,饭前月香先端了一碗上楼去喂给瘫痪在床多年的丈夫吃。老东这才知道,月香原来有一个有病的丈夫,他同时也知道了月香是一个非常温柔贤惠的传统侗族女子。所以月香这一说,老东就立住了脚。老东的脑海里此时也迅速闪过了一个奇怪的念头,就是他想到月香的家里去住一晚。他倒不是想去唱歌,而是想体验或重温一种久违的温馨生活。

月香拉着老东上了楼,找一空桌坐下了。

"你还没吃饭吗老东?"月香问。

"没吃,但也不想吃,饱得很。"老东说。

"没吃你就陪我吃点儿。"月香说,"你们当官的,生活好,天天吃肉，我们农村人一年难得吃几回肉，今天要多吃点。"

又说：

"我们也太难得见到你们当官的了，你看一转眼二十多年了，我们才又见一回。"

老东说：

"我孃本会笑话我，我算哪样官嘛，在单位里就是个混日子的。"

月香说：

"再咋个，也比我们当老百姓的强，何况你还是个有真本事的官儿。"

说话间酒菜已经被人端上来了，摆了满满一席，比中午的分量强很多。这一席，在地方上叫正席，一般都会比中午的那一席丰盛一些。

跟着月香来吃饭的，还有几个人，她招呼大家落座，还没等菜上完，那些人已经把酒斟满了，月香就拿起酒碗先唱了起来。她说：

"东啊，以前你爸爸最爱唱这样一首歌给我，我现在唱给你听——你是会栽栽楠竹，我不会栽栽苦竹，你栽楠竹发得远啊，我栽苦竹空费力。"

老东一听就知道她这首歌是自谦和暗喻她的命不及老东父亲好，老东父亲有老东给他争气，而她一辈子辛劳，到头来还是孤独劳苦的结局。老东马上还歌安慰她：

"孃啊，坡上树木有粗细，山中竹子有高低，同在一处吃黄土，个个都是一样的。"

歌一唱起来，马上就有人围过来了，大家一边听歌，一边鼓掌叫好，年轻一些的还拿出手机来拍照和录音。月香和老东就唱得更加展劲了。

老东大妹不知从哪里突然钻出来，说：

"你们两个要唱，就不要唱这些口水歌，干脆好好给我唱一夜哭嫁歌。"

月香说：

"妹啊，唱哭嫁歌你叫他们年轻人唱，我和你大哥我们像聊天摆门子那样，随便唱几首做玩意儿算了。"

老东大妹说：

"现在的年轻人哪里还有会唱歌的，你们就唱来，让他们也学习学习嘛。"

老东不置可否。但月香坚持说她年纪大了，不适合来唱哭嫁歌。推辞了一阵，突然就听到楼下堂屋间有歌声响起来了。原来是"腊扫"们在吃饭，有"姨嬢"给他们唱歌。本来在听老东和月香唱歌的人就一哄而散，全部跑到楼下去了。

7

屋里只剩下了月香和老东两个，世界顿时安静下来了。

月香在东一筷子西一筷子地选吃桌子上的菜，老东陪她说话。月香又拿起酒碗要敬老东酒，老东说，嬢，这就是你的不对了，要敬酒，也是我敬你，怎么可以让长辈给晚辈敬酒呢？

月香说，我看到你，就想起你爸爸。

月香这样说的时候，声音有些哽咽。

老东虽然知道月香年轻时跟父亲玩过山，唱过歌，但却不知道他们的感情到底发展到哪一步。在侗族地方，在老东父亲他们那一代，年轻人在一起玩山唱歌是很正常的事，个人关系可以发展到相当亲密的程度，摸摸掐掐，拉拉扯扯，这是很正常的事情，送定情物，讲最甜蜜的情话，唱最肉麻的情歌，这都是常有的事情，但关系再好，通常都不会逾越界限，所以当月香突然哽咽着说看到老东就想起他父亲时，老东心里一下子感觉到有些慌乱，不明白她到底什么意思。老东说：

"孃啊，你还讲你命苦，我爸爸他才真正命苦，他年轻的时候因为阶级成分高，没少挨斗，活得没有尊严，父母又死得早，家里穷，饭都吃不饱，造孽，好不容易熬到改革开放了，生活稍好一点了，他又死了……"

"有你，他值了。"月香说。

"快莫讲我孃，我爸爸要是还活到现在，他也会被我活活气死。"老东说。

"你哪里不好嘛，他会气死去？"月香问。

"我实在是一样都不给他争气……"老东本来很想给眼前的这个女人倾吐一下自己心中的苦水，但话到嘴边，他还是打住了，毕竟，他跟这女人并不十分熟悉。而且，在这种场合，也不合适倾诉。

老东说：

"孃，我今天喝多了，我想回家休息去了，改天我来陪你唱歌。"

月香说：

"东，你今晚不走了，你跟我我家住，我一个人住光，清静得很，好不好？"

老东说：

"我还是回家住吧，我不习惯在外面住。"

月香说：

"你喝了那么多酒，不能走。你要嫌弃我们家，你就到大妹这里住。"

老东说：

"醉是有点醉了，但我心里有数，开车是没问题的。"

月香说：

"但我还是不放心，我不准你走。"

又说：

"你一辈子都难得同嬢坐几回吧，你今晚就去陪我说一夜话好不？我回去煮茶给你醒酒。"

月香这一说，老东头脑里顿时有些乱了。他思忖片刻，然后改口说：

"好吧，今晚不回家了，去我嬢那里喝茶去。"

月香就站起身来，要扶老东下楼，老东说：

"嬢你莫扶我，我年轻人，怎么能要你老人家扶呢？我能走。"

他们走下楼去，堂屋里"画腊扫"的活动正在如火如荼地进行之中，坐在桌子上吃饭的几个年轻后生的脸已经被画得面目全非，但还是很乐意于被站在身后的"姨嬢"们"偷袭"，场面显得十分热闹，气氛也很融洽。老东借着酒劲，大声呼喊着，要姨嬢们多画些，画得更黑些，越黑越好……有人看到老东和月香来到，就赶紧通知了老东大妹。

"你们不唱歌了？"大妹来到老东面前，问。

"我醉了，我要跟嬢去她家吃茶，摆门子。"老东说。

"醉了就到我楼上睡，你哪里也莫去！"大妹斩钉截铁地说，语气坚硬，表情严肃，似乎这事是不容商量的。她又大声呼喊花果，要花果扶大舅上楼休息。

月香还在喋喋不休地给大妹解释说："我也是劝他，说他喝了那么多酒，就不要开车回家了，在大妹家住也行，到我家住也行。"

大妹没理睬月香。显然，她对月香很有意见，但具体有什么意见她没说。也许在今天这样的大喜日子里，她不便说出来，但她脸上的表情已经说明了一切。

花果到来后,老东就被花果扶到楼上客房休息。

"你要去解手不大舅?"花果问老东。

"不解了,我睡觉,你去忙。"老东对花果说。

花果关门出去了。老东倒在床上,一边大口喘着粗气,一边大声叫喊着说:"孃,麻向嘎!"这是一句侗语,意思是:"孃,来唱歌。"

他固然是很有些酒意了,但也并没有醉到不省人事的程度,至少在他躺下的时候,他的头脑还是很清醒的。他心里其实什么都明白。他明白月香邀请他去喝茶的意思,也明白大妹不同意他去喝茶的意思。虽然月香已经是七十多岁的老人了,但毕竟是个寡妇,大妹担心他去了之后会给人留下话柄。

花果走之前把一个电筒留给老东,说要是想上厕所就用这个电筒。老东奔忙了一整天,本来很有些困倦了,但他躺在床上却毫无睡意。楼下依旧传来"腊扫"和"姨孃"的打闹声。当中隐隐约约也还能听得到月香说话的声音。这女人对老东来说有一种说不清楚的魔力,使得向来言行谨慎的老东频频失态。"去喝茶?"老东这时候也在心里嘲笑自己了:"你真是想去她家喝茶?"老东在心底里鄙视了一下自己,然后,他又很快肯定了自己:"就是去喝茶,去唱歌,去跟她学歌,怎么啦?不可以吗?"

老东在床上辗转反侧半天,他在心底里强迫自己立即忘记这个女人,但却并不能够。他觉得这女人于他始终是个巨大的谜。首先他不知道她跟他父亲当年究竟是怎样的一种关系,其次他不明白一个历经沧桑的七十多岁老人,为什么看起来却只有五六十岁的样子?难道她有什么灵丹妙药可以留住青春的容颜吗?还是像她说的,因为爱唱歌,所以长生不老?

"不可能。"这是老东在床上翻来覆去思想了大半天之后自己得出的一个结论。他把这话说出口来了,但这个话究竟是什么意思,他自己也并不完全清楚。

8

老东一觉醒来,发现自己竟然是睡在盘村老家自己的床上的,这是他无论如何也想象不到的。他拍着脑袋仔细回忆,却无论如何也想不起来昨晚是怎么回到家来的。

他开门下楼,到楼下问母亲:

"妈,昨晚是哪个送我回家来的?"

他母亲在打扫门前屋后的卫生,见他这话问得稀奇,就说:

"哪个送你来的?老平送你来的,你都记不得了?你莫变成你爹吧?"

又说:

"昨晚你们到屋的时候,我看你还蛮清楚的,这个时候你反而不记得了?"

老东就再次拍着脑袋回忆,还是想不起来昨晚是怎么回家的。

他走到自己的车子边,打开车,看了看车子的情况,没发现什么异样,而且他看到车子停放得还蛮好,完全不像是一个醉酒之人停放的车子,他就相信这应该是弟弟老平停的车了。

"老平不会开自动挡的车子嘛?"老东对母亲说。

"老平会开哪样挡的车我不晓得,我晓得昨天晚上是他送你来的。"老东母亲说。

又说:

"才五十多岁,你那脑子就这样不灵醒了,以后少在外面喝点儿酒了。"

又说：

"我讲哪样话你们都不爱听，你是这样，老平也是这样，以前你爹也是这样，那时候我劝你爹少喝点儿，他嫌我啰唆，骂我，你看，后来他自己钻进酒坛子里去了，还不是自己害了自己？"

"……遇到了孃月香，跟她唱了几首歌……"老东像是给母亲认错，又像是寻找喝酒的理由。

"你去跟那婆娘喝酒！那个人是个妖怪！你迟早要上她的当……很多人都差点儿上她的当，你爹年轻时候迷她得很，我生了你，他都还跑去找那女人唱歌，后来得你大爹劝他，你大爹不劝他，他就会丢下我们两娘崽去同那婆娘过去了……"

又说：

"你看她现在好不好嘛？后来嫁的几次人，男人个个都被她克死了。"

"你那是迷信妈，什么克夫啦，那全是鬼扯！"老东说。

"迷信？以前老人家讲，迷信迷信，不可全信，也不可不信。你听妈的就没错，否则有你后悔的。"老东母亲说。

老东不想在这事情上继续跟妈妈纠缠下去。他转移话题，问：

"那我们昨晚到屋几点了？"

"几点？大概十点吧，我刚要关门睡觉，你们就来了，我问你醉酒不？你说没醉，我就不管你了。"

一楼的厨房里摆放着老东大妹带给妈妈的一些肉类熟食，还有老东最爱吃的米豆腐，看到这些东西，老东的记忆就有所恢复了。他记得昨晚在大妹家跟大妹和老秀辞行时，大妹一再嘱咐他到家后要把这些东西放在冰箱里去，说季节虽然是冬天，但今年是暖冬，熟的东西不能放在外面过夜，怕馊了，吃了坏肚子。

按老东平时的酒量，老东这天喝的酒也的确不至于让他大醉，更不可能达到失忆的程度。老东后来的自我解释，是当时的确并不怎么醉，但他这天喝的是大妹新酿的米酒，这种酒当时喝的时候感觉很爽，也觉得没事，但这种酒后劲大，加上回家路上一路吹着风，回到家后可能酒劲上来了，最后导致失忆。

"老平呢？"老东问母亲。

"人家早就上去吃茶去了，一家人都去了，他们想喊你，又怕惹你不高兴。"老东母亲说。

老东母亲说的上去吃茶，就是去上寨茂盛家吃茶。这一带侗族地方的习惯，但凡遇到红白事情，都要煮茶待客，所以就说是去吃茶，其实老平一家上去，主要是去帮忙的，因为茂盛和老东这一家，本来是房族宗亲，属于一个"屋山头"。

老东问母亲要不要上去吃茶？他母亲说：

"我还能走那么远就好喽，我这脚你又不是不晓得。"

老东母亲的脚患有风湿病，很多年了，虽然没有严重到瘫痪在床的程度，但的确难走远路，几年前她还可以坚持到菜园子里种点儿菜什么的，如今她能走上百来米就已经是奇迹。

"你要去我就开车送你去。"老东说。

"我不去。"老东母亲说，"他家那坎子高，我爬不了。"

"你不去你就在家热老妹带来的菜吃，我上去看看。"老东说。

"你去嘛。"老东母亲说。

她一如既往地坐在门口那儿，看着老东从他的车子里拿出相机来，然后磨磨蹭蹭慢慢往上寨走去。

老东走了几步又回来了，问：

"我要不要送礼呀妈？"

"那随你的意。"老东母亲说，"送也可以，不送也可以，送是你的情义，不送的话，你等于是同老弟去吃屋山头，也可以的。"

又说：

"要送就按照我们地方的习惯送，你莫照机关的人情来送。"

老东问：

"我们地方的人情现在是多少？"

老东母亲说：

"一两百块就可以了。"

老东内心惊呼道：

"也要一两百了啊！"

他想起三十年前他带着第一个婆娘来家乡办酒时，家乡人当时送礼以两三元的居多，最多不过十元。一转眼，这物价不知翻了多少倍。他更想象不到，如今农村的礼钱大得也差不多跟城里一样了。

9

老东来到茂盛家的时候，看到新娘花朵穿戴一新，正与花果等几个"皇客"和"姨嬢"一起在茂盛家门口用手机玩自拍，个个都是一副欢天喜地的笑容，完全没有出嫁人的陌生感，老东就觉得，这时代真是变了，变得莫名其妙，连他都不认识了。

"大舅！"

他们发现了从大路上走来的老东，就远远地跟老东打招呼。

老东虽然昨晚醉酒失忆，但他知道，按照侗族风俗习惯，新娘应该在今日凌晨被新郎接到新郎家。陪同新娘一起来的，当然还有"皇客"和"姨嬢"。这些人通常都是新娘的至亲，或是自己亲兄弟姊妹，或是房族中的堂兄弟姊妹。老东从远处看，只认得花朵和花果姐弟俩，其余的几个他并不熟悉。

"我来给你们照。"老东说。

茂盛的屋单独建在一处山坡上,从大路走到那房屋需要爬上一个三十来米的石级,老东母亲说爬不了的坡就是指的这石级。

老东一步步往上走的时候,也感觉到了气喘,心里就想着,难怪母亲不愿意过来呢,连自己爬起来都那么艰难了。

老东刚拿起相机要给几个年轻的"皇客"和"姨孃"拍照,就看到茂盛和他母亲从屋里走出来迎接老东。

"大爹来了!"一个身体极为消瘦的中年妇女笑容满面地跟老东打招呼,老东估计这是茂盛的母亲,就答复了一声:

"嗯,大嫂辛苦了!"

虽说茂盛的父亲是老东的堂兄,又同路去上学好多年,是小时候的玩伴,但因为老东读书好,就一直在外读书,从小学到中学到大学,一路读上去,直到参加工作,并不经常回老家;而茂盛的父亲却只读到高中,没考上大学,所以老东后来实际上很少见到茂盛父亲,也从没见过茂盛的母亲,就是茂盛,老东也只是偶尔见过一两次,如果不是对方主动打招呼,老东是认不得他们的。

"大妈没同你来?"茂盛的母亲问老东。他是依照儿子的口气来称呼老东的。

"噢,她们没得空。"老东答复说。

有几个日前去老东大妹家当"腊扫"的"关亲客"也都闻讯出门来跟老东打招呼。其中的一个,说话的声音特别大,老东一看,是村主任老宽,就说:

"噢,二爹亲自来主持这堂好事?"

老宽笑容满面地说:

"这堂好事,是亲上加亲,我当然要出面啦。"

又说:

"还没得茶吃吧？没吃赶快进屋找茶吃。"

因为起晏了，其实火塘间的茶已经被收起来了，大家都准备吃早饭了，但因为老东是新娘花朵的亲大舅，又是盘村有头有脸的人物，他到来了，吃茶的礼节不能免，那几个专门煮茶的妇女赶紧重新把茶锅端到了火塘的三角铁撑架上。

老宽说老东，要不干脆直接搞早饭吧？老东本来喜欢吃茶，昨晚又喝醉了酒，不想吃饭，就说：

"一是一，二是二，礼数不能少！"

大伙就笑起来，说老东虽然出门在外这么多年，回到老家来口音一点都没变，生活习惯也还没改。

"有些东西可以改，有些东西不能改。"老东说，"你比如我们小时候一年才洗一次澡，这些习惯就要改，以前上厕所用的是竹篾条揩屁股，这个习惯也没必要保留。"

老东一席话，把整个火塘间里的人都逗笑了。其中的一个中年妇女，笑得身体前仰后合，老东看着非常面熟，一时间认不出来，但他很快从那人的貌相中确认了她的身份：

"你是大姐吧？好多年不见了，都认不出来了大姐！"

那个被老东称为大姐的中年妇女说：

"我也认不出你来了老东，几十年都没闯遇着了，我们人变得又老又丑，也难怪你认不出来。"

果然是大姐菊花——茂盛的大姑妈，看到这女人，老东头脑里迅速放映过一些褪了色的记忆底片——小时候，在大人的安排下，老东认茂盛的奶奶为干妈，逢年过节都要去拜望和走访，就自然而然地跟茂盛的爸爸走到一起来了，但茂盛的爸爸是个霸王，专爱欺负小朋友，就总是跟老东闹别扭，和平相处不会超过半天。每当老东被茂盛爸爸欺负的时候，大姐就挺身而出，保护老东……这位大姐不仅在茂盛奶奶家保护老东，而且在生活上也处处关照老东，有好几回老东割田坎草时草短，捆不起来，怎么捆都会散，最后都是这位大姐来帮老东把草捆好的。

"你没老大姐，倒是我变老了。"老东说。

"你们当干部的咋个会变老来东，我们在屋做活路的人天天淋雨晒太阳，不变老才怪了！"大姐菊花说。

老东一边吃着茶，一边和大姐聊天，有认识老东的亲友，都来跟老东打招呼。其中就有一个中年男人，不停地给老东敬烟，老东说自己不抽烟，就多次拒绝了，但那人还是不停地重复这一举动。老东觉得这人面熟，但一时间又想不起来在哪里见过他。就问：

"请问你是……"

那人却红了脸，不敢回答老东的问话。老东更加纳闷了。幸好有大姐菊花在旁边回复说：

"他是老富啊东。"

一说到"老富"这名字，老东马上想起来了——这人是茂盛的继父，几年前老东在哥关家里见过此人一面，当时他们在哥关家吃饭，邀约着要一起去做个什么事情。就在那次见面之后，老东听说了老富和茂盛妈妈的爱情故事——老富一直是个单身，因为偶然结识了丧偶多年的茂盛的妈妈，就有心来上门，要跟这女人好好过完下半辈子，茂盛妈妈当然很喜欢这男人，但却遭到族人的强烈反对，以老宽为首的一伙，多次上门把老富打跑。但是，老富并不畏惧这些人，他跑了又来，来了被打又跑，如此这般折腾了好几年，老富终究还是没被赶跑，那些赶他跑的人也自觉无可奈何了，只好睁只眼闭只眼由他去……老东当时听到这个故事内心十分感动，他觉得当今世界居然还有如此痴情的男人，实在堪称奇迹……自那一回见到老富后，老东再也没见过老富，但那次的见面，老富给老东留下了很深刻、难忘的印象，他首先觉得这男人勤劳善良，淳朴厚道，又寡言少语，谦逊低调，实在跟村里的这些好吃懒做又华而不实的男人大不一样；其次他觉得这男人在长相上还真是少有的出众——眉清目秀，清爽干净，仿佛戏曲里的白脸书生……因此在老东的想象中，茂盛妈妈应该也是一个貌若天仙般的女人，才能配得上这段惊世骇俗的爱情——但他万万没料到今天第一次见到茂盛妈妈时，看到的却是如此瘦弱和苍老的一个女人……

屋外老宽却已经在吆喝和张罗着要摆宴席来宴请"皇客"和"姨孃"们了。

老东吃好茶出门，正打算去看望新房里的众"皇客"和"姨孃"们，老宽就假装客气地对他大声说：

"马上吃饭了，莫走哪里了，你要来坐上席。"

老东虽然跟茂盛是一个"屋山头"的，但并不是五服之内的宗亲，所以一般来说不适宜去坐这个上席。当然如果老宽执意要把老东看作本族中一个德高望重的人物，那么叫他去坐上席其实也是可以的。

问题是老东还有另外一个身份，那就是他同时是新娘花朵的亲大舅。从这层关系上说，他就不适合去坐上席了——他要坐上席的话，就该在花朵的娘家那边坐。所以，他对老宽说：

"你安排好点儿，莫细细毛毛的。"

老东这话说得不轻不重，但却对老宽有所敲打，使他顿时涨红了脸——老东这话一来像是以兄弟的名分提醒老宽不要随意乱了老祖宗的规矩；二来也是警告老宽应该自重，不要以家族权威自居，目中无人瞎胡来。所以老东这话让老宽有些不爽，但也不便于发作，只红了脸，继续赔笑说：

"肯定嘛，肯定嘛，肯定会安排好嘛。"

他停顿了一下，又补充说：

"必须的嘛。"

10

老东走进新娘新郎的婚房，看到几个"皇客"和"姨嬢"正在打扑克消磨时间。新娘花朵赶紧迎上来招呼他：

"大舅！"

花果也在打牌的行列中，抬起头来说：

"得吃茶了大舅？"

老东说：

"得吃了。"

他环视了一下新房，看到木楼的房间里堆满了各种时髦的铺盖和被条，就说：

"妈咦，你们这么多被条怎么用得完唷！"

花果边打牌边答复说：

"那些都是送来送去的，自己都不会盖的。"

老东心想，花果年纪虽小，却很明白事理，心里对这外甥更加喜欢，就问他：

"你们酿得很？"

花果说：

"整天吃了坐光，肯定酿嘛。"

老东说：

"酿？你们不学唱几首'酿海歌'啊，明天要'酿海'你们咋个搞？"

花果说：

"她们姨孃会唱。"

那两个正在打牌的姨孃说：

"我们不会唱，我们也不想唱。"

老东说：

"不唱当然也可以，只是人家拦住门，不让我们走，不唱的话，有点丑而已。"

姨孃说：

"丑也无法了，我们不会唱，现在学也来不及了。"

看到两个姨孃不慌不忙泰然从容的样子，老东就知道她们其实是早有准备了，就不再跟她们继续打嘴巴仗，转头对花果说：

"你们去看看嘎婆嘛。"

"嘎婆"也是本地汉语方言，"外婆"的意思。十多年前，花朵和花果的父母都到城市里去打工谋生，就把他们交给外婆带，他们的童年基本上是在外婆家度过的。

"我正想要去咯。"花朵说。

一个年纪稍大一点的"姨孃"用侗语告诉老东，他们一大早就起来嚷嚷着要去看外婆了，但是这里的人很讲客气，留他们又吃甜酒又吃茶，现在又马上喊着要吃饭，时间就耽搁了。

老东说：

"忙就不去，这边的事情要紧。"

老东给新娘花朵拍了几张照片，又给大伙拍摄了几张合影，就告辞出门，寻着唢呐的声音走到楼上客房去了。

在楼上客房吹唢呐的，依旧是哥关和大妹家请来的那个唢呐师。那个人认得老东，但老东不认识他。老东就请问他的名字。那人扭捏半天不说话，哥关替他答复说，正国，岑卜寨上的。

说到岑卜寨，老东心里就有数了，因为盘村的老祖宗本来是从这个寨子分离出来的，跟盘村同姓同宗，属于本家兄弟。老东说：

"哦，那我们是'解拢'了。"

"解拢"是侗语，兄弟的意思。

那个叫正国的人说：

"你记不得我们了，但我忘不了你。"

老东说：

"怎么？难道我们还是亲戚？"

正国说：

"我们是小学同学。"

老东就睁大了眼睛看正国，说：

"小学同学？哪一年？在哪个班？"

正国说：

"具体哪一年我也记不得了，反正我们肯定同过学，在岑卜小学，那时候你爱打架，经常跟胜卓啦、老宁啦他们打架。"

正国这一说，老东就有那么一点印象了——还在很小年纪的时候，大约七八岁的样子吧，老东到岑卜小学去上学，念三年级，因为年纪小，又是异地求学，所以没少被同学欺负，挨打是经常的。正国说的爱打架，其实对老东来说就是被打架，更准确地说，就是挨打……正国说的胜卓和老宁，都是有名的霸王，其实正国也是。

正聊着，突然窗外传来争吵声，老东就跟两位唢呐师傅情不自禁地站起来往窗外看，原来是楼下几个人在赌博，争执起来了。很快争执演变为打斗，一个年纪稍大一点儿的人用铁制火钳狠狠打在一个年轻人头上，顿时鲜血喷涌，场面大乱。

老宽及时出现了。老宽义正词严呵斥两位打架斗殴的人，说你们在人家搞好事的时候打架，而且还打破了脑壳，流了血，简直没有王法，太不像话了！

又说：

"要打，可以，你们到田坝去打，莫来人家门口打。"

老东听出了老宽说话的口气，虽然表面上是各打五十大板，其实是明显偏袒打人者的。因为事情由争吵到动手打人，大家都看到，那个年纪稍大一点的打人者是不占理的。

打人者叫老朋，跟老宽他们是一个房族的，被打的叫细银，是另外一个房族的人。

几个劝架的人迅速把当事人强行隔开了，然后把被打的人拖离了现场，留下打人的老朋还在喋喋不休，骂骂咧咧。

老东、哥关和正国在楼上看得很清楚，事情的起因是老朋坐庄赌博，一帮无聊的青年人参与，细银也参与其中。但细银老是赢钱，老朋就很不舒服，于是言语挑衅，细银以语言回应，终于惹怒老朋，出手了。

如果仅凭老朋一个人，打架他应该不是细银的对手，毕竟细银年纪比老朋小不止三十岁，年轻力壮，且细银从小没爹，很早就在社会上鬼混，见过各种世面，打架更是他的强项。他虽然出生卑微，但平日里却很有礼貌，见人总会主动打招呼，也从不在地方上为非作歹，在寨子上其实是个乖巧人……如果不是众人死死把他抱住，老朋肯定会被他当场撕碎。

老朋的年纪比老东大好几岁，应该差不多上六十的人了，跟茂盛的爸爸他们是一班人。也是那个德行，好吃懒做，没教养，老东小时候经常被他莫名其妙地修理。

一群人把细银连拉带拖往外推，往村里的卫生院走去了。老东看到茂盛也在其中。茂盛一个劲儿给细银说好话，细银却不顾死活地想要挣脱众人的手臂，一心要找老朋拼命。

眼睁睁看着这样的事情发生，老东本来压抑的心情就变得更加压抑了。他也无心再与哥关和正国聊天了，就跟他们告辞下楼，准备径直回家。

"吃饭再走。"哥关送老东到门口。"饭总要吃嘛。"

听说老东要走，茂盛妈妈和姑妈都追出来要留他吃饭，老东说："才吃茶，饱得很，不饿，不想吃。"

老宽也出面挽留老东，说：

"没吃饭就走，那咋个要得，已经安排好了，必须把饭吃了再走。"

他心里很明白老东要走的原因，但他不想点破。

老东说：

"确实饱得很，我晚点儿过来吃。"

老宽就说：

"我没是喊你吃饭嘛，我是喊你喝酒嘛。"

这时候老东弟弟和弟媳以及几个堂兄弟过来把老东强行拉回楼上，说：

"你莫管那么多，先坐下，吃不吃随你便，坐下了就可以了，你走，就是不给主人家面子了，人家不好想。"

老东就不再说什么了。跟他们坐下来，围了一桌。

11

吃过饭老东去细银家看细银。

老东从老孔桥那儿走过去，走过一丘弯弯的水田，就来到细银家。

"细银在家吗？"老东老远就喊。

他怕狗，小时候经常被狗欺负，留下了心理阴影。

其实细银家没狗。

屋里有人答复他，问是哪个？

老东说，是我。屋里的人也还是猜不到来者是谁。正要出门来看，老东已经把细银家火塘间的门推开了。

里面的人一看是老东来了，就很是惊讶，赶忙起身让座。

老东认得的人有细银和他母亲，其余还有一个年轻女人和一个小孩，老东并不认识，细银给他介绍，说是他婆娘和孩子。

他们大概是刚从村里的卫生室包扎回来，一家人还是惊魂未定的样子。细银头上缠满了绷带，看上去像极了电影里的那些伤残军人。

细银家虽然就在老孔桥对面的山坡脚下，从公路上看得一清二楚，但老东从未去过细银家。说来也奇怪，盘村总共才几十户人家，老东差不多都拜访过了，唯独细银家还是第一次踏足。

其实说起来细银跟老东还有点挂角亲。就是细银的亲姑妈，是老东的大舅妈。细银父亲在世的时候，他跟老东的父亲还经常往来。他父亲也是一个不怕天不怕地的人，爱喝酒，喝了酒就总是爱发酒疯，乱骂人，见谁骂谁，所以从不招人待见。几年前得病死了，大家心里感觉像是除了一大祸害似的。但其实这个人除了这一缺点，平时并无其他不良嗜好和德行。反倒是在死人的时候，发现少了他，还真是有很多又脏又累的活没人做，极不方便。

细银大概也遗传了他爸爸的一些性格特点，就是一方面不怕天不怕地，什么事情都敢做，什么人都敢于得罪，但也并不总是无端地惹是生非；同时在另一方面，人家有脏活累活，没人愿意做的，也总会来请他去帮忙。

细银的妈妈也不是个胆小怕事的人，她说这事她绝不能这么算了，她要去找那个老朋讲理，他凭什么把我崽打成这样，他没有崽吗?他不是人养出来的吗?

老东问:

"包扎的钱是茂盛出的吗?"

细银说:

"是。"

又说:

"他还给我了一千块钱,说先用着,不够以后再补。"

老东就说:

"那就算了吧,细银,这事你也有不对的地方,你又不是不晓得老朋那德行,他那都是有根的,他们那几家的人从前都是穷棒卵,后来靠打砸抢别人的东西才发起家来的……你明明晓得他们德行不好,又何必去参与他们那些事!"

细银说:

"公东,你讲的道理我晓得,但我不会放过他,他太欺负人了——赢钱的时候他不作声,输了钱就拿我出气,哪有这样的道理。"

老东辈分高,属于细银的爷爷辈,故而他叫老东"公东",盘村地方都把爷爷叫"公"。

细银妈也说:

"他这是把人往死里打呀,这哪里是打架,明明是杀人呀!"

老东说:

"如果你们去政府派出所报案,我就不讲哪样了,如果你们是去报复他,我就劝你们不要那样了,因为到头来吃亏的还是你们。"

细银突然哭了起来,说:

"公东,我们哪晓得派出所的门朝哪边开啊!"

细银被老朋打成那样他不哭,但一说到要去找政府讲理他就哭了,老东心里顿时对细银充满了无限的同情。老东说:

"这样吧,我去帮你报案,好吗?"

但这话一出口,老东就后悔了,他觉得这个事情他不能做,他要去报案,就得罪茂盛那边的人了。他倒不是怕得罪那边的人,只是觉得实在没这个必要。但话已经出口,他只好顺着往下走。

细银和他妈妈及媳妇就一起在老东面前跪下来了,说:

"那我们就全靠你了,公。"

老东赶紧把他们扶起来,说:

"靠谁都没用,要靠就靠自己,第一,以后别再去参与他们的事了,离他们远点儿;第二,政府来人了,就实话实说,不夸大,也不缩小。"

细银紧紧抓着老东的手,说:

"公,我小时候不听我爸爸的话,不肯读书,到现在来,哪样都不晓得,你要多教我。"

老东说:

"好了,我回去了,你自己多保重。"

12

老东回到家,已经是傍晚时分。老东妈妈一个人在家看守小卖铺。没有生意。她在电火桶上打盹儿。老东刚走拢家门,她就醒来了。她问:

"就得吃夜饭来了?"

老东说:

"夜饭还没吃,晌午饭倒是吃过了。"

又问:

"花果他们来看你了?"

老东妈妈说：

"来了。"

又说：

"几个都来，送我两百块钱。"

老东笑着说：

"彩唷，那你发财了。"

老东妈妈说：

"我发财？我倒贴。"

她说她给每个人都打发了一包糖，一包糖的价格是三十多块，他们来六个人，算下来我还倒贴了十多块钱。

老东笑着说：

"十多块不算倒贴，他们没来吃你一顿饭，你还是赚了。"

老东妈妈说：

"你没喝醉吧？"

老东说：

"今天没喝，昨天的酒现在都还没过，哪里还敢喝。"

老东妈妈说：

"你自己注意点儿，你爹也是为这口酒，在你这个年纪死的。"

老东说：

"我晓得妈，你放心，昨天那是遇到她们唱歌，我一般不会喝那么多酒的。"

老东妈妈说：

"你晓得就好。"

又说：

"你去细银家搞哪样？"

老东说：

"你咋个晓得我去细银家了？"

老东妈妈说：

"你大摇大摆走过老孔桥去，哪个没看到啊？是他们跟我讲的。"

老东就把自己去细银家的前后经过跟妈妈复述了一遍。老东妈妈听完之后就不停摆脑袋说：

"这个事，你去插手搞哪样嘛！你是吃饱了没事做啊！"

又说：

"那个细银，打死活该！你以为他是什么好人啊，哪里赌宝没有他？！人家早就想敲死他了！"

老东本来后悔插手这件事，现在听妈妈这一说，心里更加懊悔了。又不知道该如何收拾这残局，就自己走上楼去，想到自己的卧室里好好休息一会儿。

他稀里糊涂奔忙了这一整天，的确很是困倦了，尤其昨天酒醉，一直感觉疲惫，此时只想好好清静一下。但是他刚刚在自己的床铺上躺下，腰都还没伸直，楼下立即传来了喊他的声音：

"大爹，大爹！"

老东问：

"哪个？"

楼下喊他的人答复：

"我是茂盛啊大爹，你起来跟我上去吃饭。"

听到是茂盛亲自来喊，老东只好爬起来了。然后慢腾腾走下楼来，跟着茂盛往上寨走去。老东母亲站在门口交代他不要再喝酒了，老东说，我晓得妈，你放心。茂盛说，酒是肯定要喝点儿的，少喝点儿，莫喝醉就好。老东母亲说：

"一滴都莫要喝了，你看你脸都黑成锅底了，不成人样了。"

13

老东跟着茂盛来到茂盛家，堂屋里早已摆好了满满一桌酒席，而且也坐满了人，老东一看，坐在席上的人，一半是"姨孃"和"皇客"，一半是茂盛家里的族人代表。其中，主事的老宽坐在首席位置，正在给大伙筛酒。旁边单单空着一个座位，是留给老东的。

老宽说：

"来来来，就差你老人家了，我们等半天了。"

老东说：

"我来参加你们吃饭，不合礼吧？"

老宽说：

"莫啰唆了，你不来才不合礼。"

老东坐了下来。他扫了一眼在座的人，大伙也看着他，朝他频频点头和微笑。老宽把桌子上的酒碗举起来，招呼大伙：

"今天，是茂盛大喜的日子，我们都来祝贺他。同时我们也要感谢新娘，她愿意嫁给我们茂盛，是我们茂盛的福气。这杯酒，大家喝干了，祝贺他们白头到老，天长地久。"

新郎家这边陪吃的，都一齐响应老宽，吆喝一声就把酒全喝干了。但新娘家那边的人都没动静。老东也没喝干，只小小地喋了一口。老宽和新郎家陪吃的人就开始站起来敦促大伙把酒喝干。新娘家那边的两个"皇客"年纪都还很轻，还是学生模样，死活不肯喝。老宽就一直在用各种语言来刺激他们。

老东说：

"算了二爹，不要管他们，我们自己喝好就行了，他们是学生，按国家规定，是不准喝酒的。"

老东叫老宽"二爹"，是以子女的口气喊他的，这也是当地人的一种习惯。

老宽说：

"他们在学校，那是要依照国法来约束他们，但在这里，他们是'皇客'，是帮我们送新娘过来的亲人，那就得遵守我们地方的规矩。"

两位学生"皇客"还是不肯喝。

老宽又说：

"起码，第一轮你们都必须喝了，第二轮再说。"

"皇客"花果就看着老东，意思是征求老东的意见，看看这酒是不是必须喝。老东就对花果摇了摇头。这个动作被老宽看到了，他立即大声说：

"你花果咋个跟你大舅用暗号讲话？这里有哪样话是不能公开讲的嘛？你莫信你大舅那一套，他四岁就开始喝酒，他像你这样大的时候可以喝五六斤了。"

大伙都在怂恿两位学生"皇客"和几个"姨嬢"喝酒。"皇客"和"姨嬢"们死活不喝，一时间就僵持住了。老东说：

"这样，如果要讲规矩，我们就彻底照老规矩来，要照老规矩的话，那就是唱歌喝酒，不会唱歌的喝酒，唱输了的喝酒，你们看怎么样？"

老东这一下，本来是想给花果他们解围的，但想不到却把他们给难住了，因为他们不会唱歌，几个"姨嬢"也不会唱。

但令老东更没想到的是，新郎家这边的也没有人会唱歌，于是把大伙都给难住了。这一下，连老宽都为难了。老宽笑着说：

"这个倒是古礼，但我估计除了老东会唱歌，这里恐怕都没人会唱了。"

这时候，屋里传来一个声音，说：

"我来唱,你们喝酒。"

大伙回头一看,是茂盛的大姑妈菊花。大伙就使劲儿拍巴掌表示欢迎。

菊花说唱就唱:

"承蒙亲友进茅屋,我把茶壶当酒壶。好像哑巴捡金子,心中高兴说不出。"

老东唱:

"千里得听马蹄响,万里得闻桂花香,听说你家有好事,一心来看花朝阳。"

菊花唱:

"花都爱红人爱好,家寒人傻怎开交。还望众亲多担待,拉我走过独木桥。"

老东唱:

"贵府本是仁义好,才吃晌午又(吃)夜宵。待客样行本周到,山珍海味赛蟠桃。"

……

老东和菊花就这样你一唱我一和地唱上了。听到歌声响起,茂盛家里里外外、远远近近的人都跑过来听歌,不知不觉把整个堂屋挤满了。

老宽也不再吭气,只把脑袋埋在胸前认真听歌。几个"皇客"和"姨孃"却乘机起身逃脱,回新娘和新郎的房间去了。

唱了半天,还是菊花败下阵来,她笑着说:

"背时老东,你小时候爱哭光,从没见你唱过歌,哪晓得长大来你弄个会唱。"

老东说:

"大姐故意夸奖我,其实你比我唱得好,我是见子打子,乱唱的，你唱得很规矩，是老人传下来的歌。"

老宽说：

"他当干部的，一天到晚没卵事做，只晓得天天听歌光，当然会唱咯，哪像我们，成天做活路，累死累活的，哪个还有心情去唱歌嘞。"

又说：

"歌你们也唱够了，'皇客''姨孃'也跑了，但是，酒，你总要喝一口吧？"

老东说：

"酒我就不喝了二爹。不过有个事情我想和你商量一下，就是中午哥朋打伤细银的事情，我下午去看过了，还真是打得不轻，细银那边还在气头上，我想是不是这样，你们主动上门去看细银一下，给人家当面道个歉……你觉得呢？"

一说到这事，老宽的脸顿时拉下来了。他有点不高兴老东插手这件事情。老东下午去看细银的事，他是知道的。盘村总共只有巴掌那么大，谁去了谁家，人都看得见，所以早就有人报告他了。本来，他们晚上也没有喊老东来吃夜筵的打算，就是因为听说老东去了细银家，他们就想知道老东对这事情的态度。但老东这样一说，老宽就有点为难了，因为老宽他们这一房族，目前在盘村是最有势力的，去给细银那样的人道歉，这事情他们连想都没想过……现在大家都看着他，他也不是很好表态的。

老东见他不答复，就说：

"我并不认为细银没有错误，但是，不管咋个讲，哥朋用铁火钳打人是不对的，而且，打得那么重，换了你们哪个挨那么一下，你们心里又是咋个想的呢？细银妈本来想要到派出所报案，我说服了他们，暂时不去报了，大家都是一个村的，本来都是房族爷崽，叔伯兄弟，我希望这样的事情我们自己内部消化就算了……"

老东这话讲到这里，老宽就不能不表态了，而且，他也从心底里真正服了老东。他说：

"东啊，你这话讲得很好，我同意你的意见，我们去给人家细银当面道歉。这事情我马上安排。下午我本来也想要去看看他的，但这里事情多，你晓得的，不过，细银的医疗费是茂盛给垫的，这个你可能也晓得了，这也算是我们的一个态度吧。"

老东说：

"我觉得最好还是你跟哥朋亲自去道歉好一点，毕竟是他把人打伤的嘛……"

"好！要得！这事我们听你的！"老宽大声说，仿佛喝醉了一般，其实整个晚上他还没喝一口酒呢。"这样，我建议，我们都把面前的酒喝干了，好不好？"

老东说：

"我昨晚在大妹那里醉老火了，今天实在不想喝了。"

老宽说：

"好，把你的酒分一半给我，我帮你点儿，其余我们在座的，统统有，全部喝干。"

说完，他主动把老东的酒倒了一半过去，然后站起来，对大伙说：

"我们这堂好事，要特别感谢老东，第一感谢他当年支持大妹嫁到圭丫，才有今天的花朵回娘头；第二要感谢老东今天代表我们去看望细银……总之一句话，有老东在，我们哪样事情都好办，都摆得平……来，这碗酒我们敬老东，祝老东工作顺利，升官发财！干杯！"

大伙就发一声喊，然后把各自的酒都喝干了。老东当然也喝干了。

喝完酒,夜筵就算散了。但老富却不知道从哪里跑出来,还想邀请老东再喝一口。老东见到是老富,就不推辞,跟他干了一碗。老富想对老东说点什么,但支支吾吾大半天却说不出条理清晰的话来。老东说:

"你哪样都不用讲,我全部清楚。"

老宽趁着老富给老东敬酒的时候,赶忙安排人去看细银。老东说,你们走,我也回家去,就站起身来要走。老富挽留老东,说你忙哪样,难得来,再陪我喝一杯酒。老东说,再喝我就又醉了。老富说,醉就醉嘛,你也该醉一回。

14

老东陪老富在堂屋里喝酒说话,有人就来跟他们协商说你们能不能移步到火塘间去,这里马上要安排"姨嬢"去挑水,可能会影响你们。

老富说好好好,没问题,我们到火塘间去。老东本来已经无心再待下去,但因为他心里敬佩老富这个人,就稀里糊涂地跟着去了。老东说:

"酒不喝了老富,我已经喝醉了,等下还要回县城,开车危险。"

老富说:

"你今晚还要回县城?你忙哪样嘛!你今天不走了。你从来不到我们家来过的,今天是第一次,要不是今天花朵嫁到我们家,你恐怕这辈子也不会跨进我们家的门槛。"

老东说:

"现在既然是亲戚了,以后肯定会经常往来。"

老富说：

"讲是这样讲，但你当干部，平时也没得空来。"

"会来的，你放心。"老东说。

正说着话，哥关和正国也走进火塘间来了。看到他们，老东心里颇感亲切和欣慰。老东说，刚才我和大姐菊花唱歌，你们没来听听？

哥关说：

"我们听半天了，你唱得本好。"

老富说：

"好了，你们两个来就最合我意了。我们也不加菜了，随便将就这点剩菜，大家喝两杯。"

哥关说：

"饭我们是早就吃了，但是听到你们两个还到这里摆门子，我们就想来凑个热闹。"

"那你们来得正好。"老富说。

老东这次也不再推辞了，拿起酒碗邀请三位哥哥一起喝。第一碗，全部一口干掉。

第二碗，老东拿起来敬老富，说：

"老富，以后我外甥女花朵还得托付你关照啊。来，我敬你一杯。"

老富说，其实我喝不得酒，哥关晓得的，但你老东敬我的酒我必须得喝下去。说着，他也一口干了。

老东当然并不喜欢喝酒，单位上的同事办喜酒他一般都只送礼不出席酒宴，平时应酬他也尽量躲避，或者耍奸打滑逃脱，何况他昨晚喝的酒一直没过气，胃还在隐隐作痛呢。但是，因早晨老东曾听哥关说过，茂盛这次讨婆娘的费用差不多全都是老富打工挣来的，老东就对这个男人充满了敬意,所以他也就放开来喝了。

接下来老东就分别敬了哥关和正国一碗酒,他顿时就很有酒意了,说话的舌头也不那么灵活了。

就在他们酒兴正高的时候,堂屋里突然传来了女人的哭喊声,大伙赶忙跑到堂屋去看究竟。原来是一个"姨孃"不肯跟"腊扫"们去挑水,哭了。老东就笑着对那学生"姨孃"说:"哎呀,你不想去就不去嘛,哭哪样呢!"

"腊扫"叫"姨孃"去挑水,这本来是当地侗族婚俗中的一项礼仪,"挑水"当然不过是一种文化的象征,并不真的要求"姨孃"挑一大挑水进家来,只是象征性地去水井里走一圈,然后象征性地挑一点儿水回家,并用这水煮茶来给大伙吃。这项礼仪在传统的婚礼里,有两层含义,一层是在挑水过程中通过"腊扫"对"姨孃"的"折磨",达到戏谑娱乐的目的(当中有"腊扫"给"姨孃"背稻草小孩的内容,当然也包含着性启蒙的意思);二是通过这样的一个活动,也能增进"腊扫"和"姨孃"的情谊,往往能促成新的婚姻关系的缔结……也许是"姨孃"太年轻了,不懂事,害羞,所以就哭起来了。

老东对"腊扫"们说:

"算了,算了,这个节目就取消了,你们该干什么就去干什么去。"

然后又回头对那哭着的"姨孃"说:

"你真傻呀姑娘,他们要你去挑水,不是白白挑的,现在我们这地方,挑一挑水,要给几百块钱的红包。"

那哭着的"姨孃"说:

"给一千块我也不去挑!"

有"腊扫"就说:

"给一万块呢？去不去？"

那小姑娘说：

"不去不去，就不去！"

大伙就笑着散了。

这时，老宽和老朋几个也回来了。老东问情况怎么样，老宽满脸春风地说：

"搞定！全部摆平了！你老人家放心吧。"

老东就说：

"那就好。"

老东就此跟大伙告辞，然后步行回家。当他走到老孔桥那里时，他特意看了一眼细银家，他看到细银家的窗户透过来明亮的灯光，他心里就感觉踏实了。

到家时，母亲还没睡觉，弟弟和弟媳一家都上楼休息了。他妈妈一看到他走路的样子，就知道他又醉酒了，就说：

"又醉了？"

"没醉妈，你莫担心我。"

"还没醉？走路都打颠倒了，跟你爹那德行一样。"

"妈你去睡觉吧，我上楼休息一下，等一岗我醒酒来，我还要回县城去。"

"这个样子了你还回县城！你不要命了你！"

"没事妈，今天我必须回去，我已经来两晚了，明天局里开会，我不到场不行。"

"晓得有事你还喝那么多！"

老东在妈妈额头上亲了一下，然后上楼休息。他刚躺下，拿出手机看微信，却发现手机里不仅有几十个没看的微信消息，而且还有十多个未接电话。他选择了几个回拨过去。

老东妈妈在楼下听到老东不知道跟谁鸣里哇啦说了半天，最后居然听到他唱起歌来了，而且唱的还是哭嫁歌。

"……爹妈盘她年十六，你们讲来我心忧。饭也难吃脸难笑，越思越想越忧愁……"

老东妈妈听了几句，就不知不觉地流下眼泪来了。她想起自己在五十多年前嫁来盘村的时候，正是唱着这样的歌跟自己母亲告别的……在后来跟老东爸爸相处的几十年时间里，每当跟老东爸爸闹别扭情绪不好的时候，她就会哼几句哭嫁歌……但她万万没想到，老东竟然也会唱这种歌，而且，他还唱得蛮好……

2016 年 5 月 13 日 于湘潭

风吹稻浪

1

端午节那天早晨，老东母亲起得比平时早了许多，因为这天是她的生日，她知道儿女们也会像往常一样，在这天从四面八方归拢来，给她庆生，给她祝福。所以她想早起，看看能不能给在家里的三儿子和三儿媳做点什么。她原先总是要早起帮助这幺儿的，毕竟在她男人去世之后，她就一直跟他们生活在一起，但自从前不久生了一场大病之后，她就很少再早起了。她不是不想管事，而是心有余而力不足，感觉一切都已经力不从心，无能为力了。

她醒来之后，先是靠在床头上静静地小坐了一会儿。那时候窗外的天空还不是很明亮，还有些晦暗。公鸡虽然在远处打鸣，但声音似有若无，也还不到特别明晰的时候……她想起了很多事，但所有的事又像是一团乱麻似的，理不出个头绪来……她想起大儿子老东前不久和她说过，她的大孙子已经从国外回来了，在省城里独自置办了一家企业，当起了老板……她相信老东不会欺骗她，但她也知道，这些事都像是传说一样，跟她没有太大的关联了……自从老东跟大儿媳离婚后,她就再也没见过自己的大孙子,而且,她也听人说过,孙子如今已经跟了母亲的姓,名字也改了,不是原来老东给他取的名字了……老东今天会不会回家来看望她?这也还是个未知数。在几个子女中,老东固然是最有出息的一个,也是最孝顺的一个,但她同时也明白,老东如今却是最可怜、独单,也最困难无助的一个……五十多年前,她从邻县的孟尤寨嫁到盘村,跟老东父亲相亲相爱生养了六个子女,三女三男,日子虽然过得极为艰苦,但在外人看来,这又是何其圆满幸福的人生……到后来她的丈夫不幸中年撒手人寰,留下她独自一人照看这么多的子女,她觉得她到底还是命苦,无福可言……好在儿女们都先后成人成家,也都生下子嗣,而且儿女双全,这在国家施行计划生育政策之后的当下世界,实在又是一件不可思议且非常令人羡慕的事情……唯独老东是最令她担忧的,他本来也有一男一女,如今居然单身了,这是她万万料想不到的。按说,老东应该是最让她放心的一个,他从小乖巧听话,又特爱读书,后来也顺利考上了大学,成为盘村有史以来的第一个大学生,再后来参加工作,娶了城里的女人做媳妇,先生下了一个大胖孙子,不久之后老东又升了官,当了个什么副局长,简直完美之致……那时候她的男人还活着,实在掩饰不住内心的骄傲和自豪,脸上成天都堆着笑容,令盘江河谷两岸上的人们艳羡得不得了……谁知道接下来的事情却急转直下,让人始料未及……老东在他儿子不到三岁时就离了婚,为什么离?不知道。时至今日,二十多年将近三十年时间过去了,老东从未向家里透露过一丁点儿关于离婚的内幕消息……那么离婚就离婚呗,孙子怎么可能还被儿媳带走了呢?这是她非常不理解老东的地方。她曾质问老东为什么不把孙子留下来?老东从来不正面答复她。开始那几年,她天天想着要去看望她的大孙子,后来听说孙子和儿媳都出国了,到国外生活去了,她才渐渐熄灭了那团火焰，死了那颗心。但说是死心，其实那颗心又哪里真正死得了呢！好多回，村人总有闲言碎语传到她的耳朵里，说她的大孙子其实没有出国，而是在省城某个学校读书，人长得蛮高大了，长相跟老东完全一模脱壳……那崽是什么模样，她已经记不得了，他只在两岁时来过老家一次，记忆里他很乖，调皮，聪明，与二孙子老当的木讷迟钝刚好形成鲜明的对比。大孙子与二孙子同年，只比二孙子早出生两个月。她至今还记得很清楚，大孙子是六月初五出生的，二孙子则是八月初八生的。老东带儿子来到老家的那年，全村人都对他们一家投来艳羡的目光。"哚哚哚，你本命好啊满妈，一下子得了两个孙崽！"几乎所有的人，都会这样对她表示赞美和感叹。那些日子里，她和她丈夫的心里，也犹如吃了蜜糖似的，甜到沉醉，甜到腻味……谁知道一晃三十年就过去了，后来大孙子再也没来过，她自然也再没见过……

除了老东，大女儿那边也有很多事情让她牵挂，一是大女儿的丈夫跟人承包砍伐一片林木，据说手续各方面都办齐了，但林业派出所的人还是要去找他们麻烦，烟酒贴进去不知道有多少了，罚款却一分不少……大女儿曾经希望由老太婆出面，跟大哥老东说说，要老东在上面找个人帮说说话，但她一直不敢跟老东说，她知道老东的脾气，老东向来是不肯在这些方面帮忙的……还有，大女儿的大女儿，也就是她的大外孙女，去年已经出嫁了，据说如今已经有孕在身，现在情况怎么样了？又是好久没消息了，要生了，还是怎样的情况？她想知道一二，但没人告诉她。她从前有一部手机，是三儿媳配给她，专用于联络这些子女的，但自从上次生那场大病之后，大儿子就叫他们把那手机没收了，说老人家现在只宜安心静养，不宜关心家中任何事情，既然是老大发了话，小的们就立即执行了，还庆幸就此省下一笔不小的费用……也许最让她牵挂的还是小女儿了,这是从她身上掉下来的最后一块肉。她从小就特别宝贝她,她的几个哥哥和姐姐也没少照顾她,毫无疑问,她是家中最得宠的人。但是命运却似乎总是喜欢跟人开玩笑,从小那么得宠的一个人,却一样没有什么出息,先是老早就辍了学,然后又老早地嫁了人,再接下来是老早地生下了孩子,而且一生就是好几个女儿。男方家是三代单传,死活也要生一个儿子来接香火,为此小女儿没少受罪,到处躲避计划生育工作队,又一次怀上了,也将要临盆了,却被计划生育工作队的抓个正着,当即就被拉去打流产针,结果打下来的孩子是男婴,婆婆当即就哭得晕死过去了……她不死心,她婆婆一家也不死心,于是继续生,但后来生的几个,却还是女的,因为不能再养,生下来就送人了,为此她的精神一度濒于崩溃,老东也曾一度去找那位姑爷理论,说你们别再生了,再生我妹妹就没命了,你们看她现在还不到二十五岁,为你们家生了六个崽,老得都像六十岁的人了,你们的心怎么就这么硬啊!那姑爷当面点头认错,说,好,不生了,认这命了。但说归说,接下来,他们还是又生了一个,不过这回生的是个男崽,一家人终于喜笑颜开,心满意足了,却被当地政府逼着交了好几万元的罚款,一家人从此背上了沉重的债务,日子又过得紧紧巴巴的,那位姑爷只好外出打工,留下她一个人在家里照看四个子女和两个老人……小女儿今天当然会来看她的,她几乎每年都来,何况她前天已经打来电话告知了。小女儿在电话里还说一家安好,姑爷每个月也有钱寄回家来,这个消息令老东母亲心里稍感宽慰,但小女儿又说儿子最近有点发烧,吃药打针都不见好,这个情况又让她担心……

二儿子和二女儿两家当然也是值得她挂牵的,但很奇怪,自小以来,她跟二儿子和二女儿一直都不怎么亲,至少不像跟大儿子、大女儿和小儿子、小女儿那样亲,不是说她不爱这两个子女,都是自己身上掉下来的肉，怎么可能不爱呢？也不是说他们不如大儿子、大女儿、小儿子、小女儿那样关心她，事实上，他们给她打来的电话甚至比大儿子、大女儿和小女儿打来的都多，但事情偏就是这么奇怪，这么不可思议，无论他们怎么热情，她都感受不到他们内心的那份真诚。二儿子和二女儿小时候都经常被她打骂，一来是因为他们老不听话，总是忤逆她的安排，二来也是因为他们性格上的偏执。她不明白他们所说的话，所做的事情为什么总是莫名其妙，不可理喻，比如二儿子动不动就说要去把谁杀了，二女儿动不动也会说要去把人家的鸭子全部闹死之类，这都是什么话嘛，这是她教育出来的孩子应该说的话吗？她气不打一处来，先给他们两个响亮的耳光再说，许多时候，她对他们还是动了大刑的，比如使用了棍棒之类，但他们就是不改……再后来，二儿子因为与他父亲的一次斗气，居然就从学校把铺盖卷回家来了，从此失学。接着就娶了媳妇，那媳妇倒是很不错，人长得乖巧，对老人也很好，但二儿子却不想在农村守着土地过一辈子，就先去当了几年兵，退伍回来后又直接去了沿海打工。一去二十多年，开始是独自打拼，后来把家人也带过去了，他是不会回来参加她的生日聚会的，从来没参加过……二女儿跟二儿子的命运其实也差不多，先是失学，接着嫁人，后来出去打工，也是一去很多年没回家，她不回家情有可原，因为嫁去的人家不好，男人好吃懒做，还经常对她施行家暴……她也从来不参加她的生日聚会的……

小坐一会儿窗外的天就大亮了。公鸡的鸣叫也突然明晰起来。她知道那是她自己养的大红公鸡的叫声。她年轻时候是个养殖能手，养猪猪壮，养鸡鸡发，养什么都很顺遂，早年在竹林老屋那边，养的鸡鸭黑压压一大片，让村人艳羡得不得了，后来搬迁到岭上居住，依然养得有比村人多好几倍的各种牲畜，再后来跟着小儿子来到公路边住，饲养家禽的自然条件已经大不如从前了，但她还是一如既往地要饲养这样那样……最近几年，她身体每况愈下，几个子女就不准许她养猪了，只许可她养几只鸡，却也还是一样被她养得"兵强马壮"，蓬勃兴旺，尤其是那只大红公鸡，长得"人高马大"，威风凛凛，打遍全村公鸡无敌手，还是令村人羡慕不已……听到那只公鸡嘹亮的歌喉，她就知道，自己该起床了，那是她的起床号。

2

老人家慢慢穿衣裤，慢慢下床，每个动作她都小心翼翼，慢得像只蜗牛。她很讨厌现在的自己，从前的她可不是这样，年轻时她是个雷厉风行的人，干起活来风风火火，赛过男人。她曾多次自豪地对她的二孙子老当说，所有男人干过的活她都干过，包括下田耙牛，下河放排，或上山砍树拉圆木，开荒拓土撵野猪，她没有哪样重体力活没干过……她刚嫁过来的时候，自己的男人成分高，属中农，经常被村里的贫农们威胁，说要把他斗死，他男人吓得魂不附体，几次想自杀。她骂他没出息，说，他们喊斗就斗？不讲道理？他们敢斗你，我就去陪你，你莫要茫他们那些……"茫"就是被吓唬的意思，盘村的土话。那时候盘村只有四十来户人家，村子小，地主的名额只有一户，大伙评来评去，评到了高万水的头上，不是说他家田土多或财产多，也不是说他家曾经剥削过大伙，而是他在外当兵，而且当的是国民党的兵，大伙估计他可能是升官发财了，所以把他评为地主。问题是高万水自从出去当兵，就从没回过家，也不知道他到底是死是活，所以村人需要开批斗会的时候，就只能拿他婆娘桂花来批斗一下。但总拿桂花来斗，那些贫农就觉得不过瘾，所以有人想出了点子，说中农虽然是可以团结的对象，但对于那些不老实的中农，也是要严加管教的，而这个村的中农，也还是只有一户，就是老东的父亲。这男人向来胆小怕事，听到村人要斗他的风声，早已吓破了胆，自己老早就准备了一根粗麻绳子，随时准备找个合适地方了结自己。"我那时候成天跟着你公，"他经常对她二孙子老当说，"一边启发开导他，要他莫想得那样呆，我说你走了，你丢下这一朴拉崽给我，我又咋个才能把他们养大？一边就暗暗跟踪他，观察他，不准他单独上坡去别处，连他去茅厕我都跟着……"老当听到她讲这些只觉得好笑，说你这都是老皇历了奶，现在哪个还听你这些，当年整我公的人都死完了，我公也死二十多年了……的确是没人听她讲这些历史了。她过往的人生故事，只要一讲起来，她可以讲几天几夜，但遗憾真没人听她讲。老东回家时，偶尔会拿手机给她录上几段，但问题是老东并不经常回家，每次回家，也是来去匆匆，屁股没坐热就走了，她还是没机会完整讲述这些故事。

穿好衣服，她把小便盆从床底下拿出来，准备拿到外面的厕所里去倒掉，但她突然又想起自己还没量血压，就把便盆放下了，到桌子上找血压计。那是她大儿子老东给她买的，她这房间里大多数的现代化物件，包括那个闹钟，那个药箱，那台彩色电视和皮沙发，以及她身上所穿着的衣服和鞋袜，差不多都是老东给她买的，因此她曾多次对经常来跟她晒太阳聊天的一群老年妇女说过，哪个养的我？我老东养的我，靠那些崽，一个都靠不住……那些人就劝她说话小声点，免得被别的媳妇听见了，心里会不高兴。高兴也是这样，不高兴也是这样，她依旧大声说，仿佛抗议。终于有一天，有人回了她的话，说那你去跟你大崽住啊，你何必在这里跟我们受气呢！那是三儿媳的话，几乎把她呛死了。三儿媳来自安徽农村，嫁来盘村也差不多有二十年了，早已学会了说一口流利的盘村土话，吵起架来,伶牙俐齿,嘴上的功夫比任何人都厉害……她量完血压,听到血压计的报告是正常的数值,就放心了,但还是慢条斯理地从药瓶里倒出一粒药来,就着水杯里的凉开水把药吞下去了。那是老东给她买的降压药。老东反复叮嘱过她,一定要记得每天都吃药,不能有一天的中断。因为之前她总是没按时吃药,常常三天打鱼两天晒网,老东的叮嘱就很严厉了,她也终于记住了,不敢再有丝毫的懈怠。

待把这一切都处理完毕之后,她才拎着那只小便盆走出门来,来到堂屋,再放下便盆打开大门的门扣。门扣扣得很紧,她费了好大的劲才把门打开。

听到门扣响,楼上住着的人也惊醒了。她听到三儿媳在大声嘱咐她,莫忙放鸡出来,要放的话也要先把那大红公鸡捉起来另关。看来大家都没有忘记今天是她的生日。但她也并不因此而感到特别欣慰。所以她连回应也不回应一声,就径直走开了。踢踢踏踏,她拖着缓慢而沉重的步子走过公路另一面,走到了桥头她的猪圈位置,在那里把小便盆倒掉了,再用水反复冲洗,然后又上了一回厕所。

厕所距离她的卧室太远了些,老东多次要求弟弟在母亲的房间里安装一个现代化的抽水马桶。她死活不同意。她说她上了一辈子的老式厕所,上洋厕所会感到很不习惯。不过后来有一次她在屋顶上晒谷子,突然内急,就临时在老东房间的马桶上解决了,她从此改变了对洋厕所的看法,她觉得洋厕所不仅不像她想象的那么不习惯,而且上起来还很舒服、方便,于是她一改昔日蔑视眼光,转为赞美和欣赏。但赞美欣赏归赞美欣赏,当老东提出要给她房间安装洋厕所时,她还是拒绝了。"那不臭死去!"她鄙夷地说。老东无奈,只好随她的意。

老厕所在临河的位置,一丘水田的上面,旁边是一部连接着河流两岸的老木桥,桥边有她家的猪圈。风景倒是很美。如果不下雨,在这里上厕所其实也蛮好。可以一边看风景,一边听流水的声音。夏天的夜晚,常常有年轻人来桥上歇凉、晒月亮、唱山歌,就有人给她提意见说:"满妈,你家那厕所能不能移动一个位置,我们负责帮你找个好地方安置,也保证新地方比你那地方更好。"她说,它在那里好好的,你们要移动它做什么?人说,臭我们。她说,臭你们?方便你们吧。它在那里几十上百年了,从来没有哪个讲它臭,你们这班人,难道都用惯了洋厕所?嫌它臭?年轻人跟她讲道理讲不通,就改为威胁的口吻说,好好好,我们不帮你搬,到时候政府来帮你搬。她问政府怎么会来帮我搬?年轻人说,政府现在提倡要保护文物古迹,把我们村的木桥列进名单里去了,到时候不仅会来拆除你的厕所,还会把你的猪圈也一起搬走……这样一说,她就有点儿相信了,但她也并不完全相信,就低声说,等我老东来屋我再问问他,看看你们这帮泡皮讲的是不是真的。但后来老东来家几次,她也没有问。她不是不想问,她是忘记问了。等老东走了好几天之后,她才想起来忘记了这件事,就转而去问他的三儿子和三儿媳。三儿子是村里的会计,说我没听说过有这事。三儿媳说,政府要来拆?那才好呢,那我们家还得点儿补贴。

3

当老东母亲晃晃悠悠回到自己家的堂屋时,她看到三儿媳已经在厨房里忙开了。她闻到了一股香味儿,但并不确切知道那是什么东西散发出来的。如果是三儿子在那里,她也许会随便过问一声,但三儿媳在那里,她就不想多问了。她很怕被呛,也很怕没人答复她。她常常对她的几个子女说,我这辈子,受的苦够多了,什么苦都吃过了，再不想自寻烦恼，只想安安心心好好活过几年。"再活几年就变泥巴了。"她常常这样说道，"也不晓得还有几年？活一天算一天。"听到这话的人也不知道怎么安慰她，毕竟她说的也是事实，同时她也到了八十岁的年纪了，身体又并不怎么好，常常动不动就要到县城医院去住几天院什么的。好几回，村人都听说她可能是回不来了，大家也都准备了要送礼，没想到过几天她又被送回来了，先是在自家内室里躺上几天，然后就开始走出大门来活动了。她没病没灾的时候，平日里最典型的一个形象，就是拿了一大钵子饭菜，坐在自己堂屋门口吃饭。所以当她从医院回来不久，开始出现在堂屋门口的时候，村里的年轻媳妇就开她玩笑说："那背时老奶又雄起来了，又开始扛大钵吃饭了。"她听见了，就回一声："我还有那样的命咋个！这回还有口气见你们就不错了。"那些媳妇就说："你老人家够得活唷，日子还长得很唷，现在社会好了，你耐烦活唷！"

她拉了一把木椅子过来，坐在堂屋大门口那儿，开始慢慢悠悠梳起头发来。旁边其实还有两把木沙发，那是老东几年前从别处地方专门买来给她坐的，因为腰和腿都不好，她自己坐得很少，却方便了寨子上与她年纪相仿的几个老年妇女，她们只要得空路过，就必然要在那两把椅子上躺上半天，一边跟她说话，一边看上下过路的人。但现在那两把椅子也很少有人来坐了。因为从前经常来坐的几个，差不多都先后走掉了。最早走的是玉仙，当年她是来得最勤的，每次来都先把好位置占了，然后对其他人说："你们不要和我抢位置，我活不了好久了，我比你们都走赶前。"大伙就骂她，说你这挨刀的，吃饭还吃得几大钵，你会比我们走赶前？你这是占了便宜还卖乖。她也不生气，说："妈咦，这是好大的便宜唷！来来来，我让你们坐。"结果也没人敢去坐她的位子。大伙没想到的是，那位叫玉仙的老女人，果然没过多久就去世了，得的什么病也没人说得清楚，反正是她总说脑壳有点痛，就回家躺下睡觉了，然后再也没醒来。她的年纪比老东母亲大几岁，走的时候是八十四五吧，老东母亲就常常对人说："七十三八十四，阎王不请自己去。"盘村人把"去"字念成"克"的第四声，刚好押韵。"这个就难讲啦，不到七十三八十四去的人多得很啦。"这是村上一个叫毛妹的年轻媳妇反驳她的话。随后她列举了很多年纪都还不到五十岁就走掉了的年轻人名单，最后大伙得出的一致结论是，这年头不比过去了，得怪病的越来越多，稀奇古怪死法的人也越来越多，所以，活到七八十岁，那就是最大的福气了。"活得老就是福气？那你们看看大妈银柳福不福气？"这是老东母亲的话。她说的大妈银柳，娘家跟她是一个村子里的，年轻时她们一同嫁到盘村来，她生下六个崽，银柳也生下六个崽，而且都是三男三女，两个人的男人都走得早，都是五十多岁守的寡。表面上看来两个人的福气都差不多，但实际上那个叫银柳的却远不如她享福，一来她的儿女都还算孝顺，对她没什么特别不敬的言语和行为，二来她有儿子老东在外当国家干部，也很给她争气争面子，而那个叫银柳的就不同了，三个儿子，都不爱读书，都没什么出息，其中二儿子还不到四十岁就得病去世了，最小的一个去当了兵，转业回来在县里一个什么部门鬼混了几年，后来犯了事进去了，最后只剩下最大的男崽在养她，但这男崽好吃懒做，脾气又差，得一个婆娘被他打跑了，生下几个子女都不成才，都在外面浪着，不时来信来电叫家里人拿钱去赎人什么的……银柳到八十多岁时，还每天去坡上打猪菜，她只能靠养猪卖钱来给那些崽、孙崽们还账。时不时她会从老东家门口经过，背着沉重的大背篼。大伙就叫她过来歇口气，莫忙那么多。大多时候她不理睬大伙，只顾埋头往前走，边走边流泪。但偶尔也会真的放下背篼，然后走过来跟大伙闲聊上几句。但这个时候，大伙反而都不说话了，实在也不知道该跟她说些什么,这又令她伤心,她就还是借口家里活路多先回家去了……后来不晓得这日子又过了多久,才有人突然想起来,说有蛮多天没看到大妈银柳出来打猪菜了,就着人到她家去看个究竟,结果发现她已经死在自己屋里很多天了……

梳完头,三儿媳把一盘刚出锅的小笼包端到了她面前。她问,你会做这个?三儿媳笑着说,我咋个得空做这个唷,我昨天来屋,顺路到街边买的,胖子爱吃这个,我多买几个给你当早餐,看你吃得习惯不……她说,难怪我闻到香,又不晓得是哪样香。"肉香,哪样香。"她抓了一个小笼包在手,三儿媳提醒她烫,果然是烫,她把小笼包重新放回盘子里,说,你没买蛋糕吧?三儿媳说,大哥说他买,我们就不买了。老东母亲就不再说话,但她心里没底,她不敢确定老东今天是否能回家来。她并不是很需要一个蛋糕。她从前是从来不过生日的。盘江河谷一带的侗家人,都没有过生日的习惯。过生日的习惯是由三儿媳入主这个家庭之后才培养起来的,因为大姐夫也是在这一天过生日,都是逢的端午节,她就叫大姐、大姐夫,以及一家人都来家过节了。过了几年,大伙也习惯了,都知道这天是妈妈的生日,大家都得回家来跟妈妈一起庆祝生日。一般情况下,只要工作不是很忙,老东也会回家给妈妈庆祝生日的。问题是他的工作的确很忙。他无法左右自己的时间。另外一方面,老东其实也不怎么想回家。他怕面对母亲。从前他还怕面对自己的大伯父和大伯母。他们还在世的时候,老东每次回家都必须去看望他们一眼,毕竟是自己父亲的同胞弟兄,又是八九十岁的高龄了,不去看望他们是说不过去的。但是,去看他们,他们又总是要问老东,你那崽现在怎么样了?你都经常得见他不?他有没有打电话给你……老东无法回答他们的这些问题。后来,大伯母先走了,享年九十岁,再后来,大伯父也走了,享年九十四岁,这之后就再也没有人询问老东那些烦人的问题了，老东却因此更加感觉到这世界的冷漠和荒凉……他三弟有一次对他说，大哥，你看什么时候把儿子带回家来一趟，妈年纪那么大了，怕以后看不到他……老东心里就"嘭"的一下仿佛碎裂了……他何尝不想把儿子带回家来，但儿子连叫他一声"爸爸"都不愿意，他怎么带来？他恨死那个女人，却也无可奈何。打官司，他不是没考虑过，但他也预测到了结果，即便他打赢了官司，儿子不愿意跟他来，他也一点办法都没有。用暴力解决问题呢？这是更大的麻烦，他不想去惹这么多的麻烦。他也知道，那女人就是因为算死了他性格上的这种缺陷，知道他怕麻烦，怕事，不可能对她怎么样，所以才如此放肆整他的……

"你量血压了没有？"三儿子也起床了。他下楼来，遇见妈妈在门口吃小笼包，就这样问道。

"量了。"母亲答复他。

"不高吧？"

"不高。"

"你今天穿好点儿。"

"又没有客来，我要穿那么好搞哪样？"

"怎么没有客来，今天来的都是客。"

她开始并不想理会三儿子，但后来又觉得三儿子说得也有道理，就打算进屋去换一身衣服。但她在箱子里选了半天，还是没选到合适的衣服。不是衣服太多，而是不知道该穿什么样的样式。她现在日常穿的衣服，跟城市里的老太太们没什么区别了，都是松松垮垮的客家衣服。但老东也曾给她置办得有一些传统的样式，是她年轻时候穿过的那种阴丹蓝的父母装，她大概在五十多岁时都还穿着那种衣服，后来跟老东到城市里住了一年，就改装了。她想换回原来的老式服装穿一下，但试穿了几件，都发现衣服有点儿小，有点儿

166

紧身，不那么好穿。天气有点儿闷热，她不想穿太紧身的衣服，就犹豫了。于是干脆坐在床上小憩。房间里有两张床，一张是她的，一张是留给儿女们回来时睡的。她养育的三个女儿，大女儿嫁在高坡山顶上的一个小村庄，原来是最偏僻遥远的，女儿回来一趟很不容易，她以为这辈子见这女儿都难了，后来那村庄通了公路，女婿也买了摩托车，他们回家来又方便了，于是他们经常回来。大女儿回来时，总喜欢跟她睡一屋，然后跟她说着没完没了的话。二女儿嫁去的地方也蛮远，但一直是通着公路的，但二女儿从小跟她就不怎么亲近，所以嫁去之后很少回来。小女儿嫁去的地方倒不远，但也很少回来，原因是她在忙着怀孕生孩子。她本来是三姊妹中最得宠的一个，也是她所有的孩子中最为宝贝的一个，早些时候，她也还是经常回家来看她的，甚至为了逃避计划生育还在老家躲着生下了两个孩子，但后来不知怎么的，她就很少回来了。当外婆的当然还是一如既往地关心着生活在远方的满女，也一如既往地思念她，叨念她，但时间一长，她原来的那份浓浓的想念，也在不知不觉间比从前淡漠了很多……窗外传来鸭子的欢叫以及拍打翅膀的声音，她知道，那是她养的鸭子，被三儿媳放出去了。这房子所建筑的地方，原来是一处水田，产权也不属于她，是上寨里一个远房兄弟的，说起来又还是亲戚，因为修公路，水田被占用了，剩下一小截，既不再适合耕种，也不知道还可以用来做什么，她就叫三儿子上门去跟那亲戚说了一大堆好话，然后着价卖给了她，亲戚倒也爽快答应了她，于是她在这里修建起了盘村的第一栋砖房。砖房的后面，原来有一个大水塘，那是她放养鸭子的地方，盘村人几乎整年都能看到，那里总有几只鸭子。她养的鸭子生蛋，所以她常年有鸭蛋吃……后来她家房屋背后，有人也修起来砖房，而且那些砖房比她家的高，比她家的大，也比她家的豪华气派，当年她家的房子是最让人羡慕的，如今却成了最让人鄙夷的……这些她都无所谓，关键是他们修起来的房子，把她的水塘给堵死了，她的鸭子无法像原来那样自由出入了，这是令她非常恼火的一件事……好几回，她想就这件事情打电话给大儿子老东，看看他有什么办法没有？但她想来想去，还是没有打这个电话。

4

她从里屋再次走出来时，三儿子和三儿媳惊讶地发现，他们的妈妈居然换上了一身平时极少穿着的黑色老式右衽衣，布料还是麻纱的，领子都绣有花，而且缀有铜扣。那是老东从别处给她买来的衣服，除了当初试穿过一次外，她还没有正式穿过这身衣服。她曾经对三儿子和三儿媳说，这种衣服是你们嘎婆那一辈人穿的，到我们这辈人来，就少有人穿了。"嘎婆"就是外婆，这也是盘村地方的土话。"你奶从前也有这种衣服，"她对她大儿子老东说，"后来被生产队没收了，全部着他们分完。"大儿子老东想问她是哪些人分的，但话到嘴边又收回去了。老东是有见识的人，她不想让母亲再次陷入对不幸经历的回忆之中，他对母亲说："以前的就莫去管它了，反正也要不回来了，但现在的，你若是喜欢，我还可以为你再买。"老东母亲说："有这一件就够了。这一件也要等到我百年之后你们再帮我穿上，平时我哪里会穿这个！"她说这话时，三儿子和三儿媳也在场，所以当他们看到母亲穿着这样一身衣服走出门来时，惊讶得目瞪口呆，不知道该说什么才好。最终还是三儿子开了口："妈你今天咋个想到去穿这件衣服？"她没有理睬三儿子，她知道三儿子的想法。她慢慢走到大门口边，拉了一把木椅坐下，答非所问地说："你大姐她们讲今天好久过来？"三儿子说："大姐说喂了猪就过来,大概十点钟左右到,老丢说他们要来晏点儿,十一点左右到。"三儿媳过来笑嘻嘻地对她说:"你不是说这衣服要到以后才穿吗?"她有点不耐烦地说:"我今天想穿。"这一来大家都无话可说了。

三儿子说的老丢,就是她最小的女儿。她在四十岁时生的这么儿。她说她本来不想再生了,没想到一不小心又怀上了,只好生。那时候国家刚开始宣传计划生育,她是生产队里的妇女主任,想带头做节育手术,被她男人制止了。他男人骂她是猪脑子,说做那些手术是有风险的,搞不好会死人。她反驳她男人说他思想就是落后,而且历来落后……怀孕之后她更是有话可说了,说你看你看,这下子又拖政策的后腿了吧?她男人说,拖后腿?你少积极点,积极从来没有好下场。又说,世上可能有嫌钱多的,但没有嫌崽多的。结果十月之后生下来是个女孩,她欢喜的不得了,去哪里都背着,连到县里参加妇联大会也带去了。那时候老东已经在县城中学读书了,住校。她去告诉老东,说家里又多了一个妹妹,老东没答复她的话,只伸出脖子去亲了亲躺在她怀里吃奶的妹妹……没想到一眨眼四十年光阴就过去了,她觉得老东亲吻妹妹的那个画面犹如发生在昨天。她今天特别希望老东和么女儿老丢一家都能回来看望她,跟她一起祝寿过节。她想对他们说些话,算是一些交代和嘱咐。她感觉自己最近心里总是慌慌乱乱的,仿佛随时都有可能停止呼吸。她真害怕有一天自己也会像老东的父亲一样,突然就倒下去,然后什么话也没说就走了。

从早晨她起床那一刻起,天空就一直是阴阴沉沉的,似乎要下雨,但又没下起来。这山谷里的空气倒不沉闷,但气温好像比日前升高了一些,有点沤热。前些日子这地方一直下雨,河水都涨起来了,至今仍未完全消退,原来连接着两岸人家的那座老木桥都被河水冲走了,对门寨的老元他们正在谋划着要跟上级政府部门讨些钱来修桥。老元三天两头来找她三儿子,问这样那样,当然也问到了老东的电话,在老元跟老东打电话的时候,她隐约听到了老东答应要去帮他们找钱的话,但到底有没有答应呢,她也没有完全的把握……关于修桥的事情,她讲起来就一肚子的气,二十年前老东曾经带了一伙外地人来,准备把老木桥改造为一座水泥桥,然后再在水泥桥上修建花桥,那时候老东手上掌握着一定的资源,可以动用一些钱,于是他把施工队都带来了,但后来村里人居然不同意修这座桥,说是老东修这座桥,会冲了寨子的风水,对寨子不利,但对老东有利……老东听到这个消息脑壳都气晕了,他知道村里有些人愚昧,但没想到村里有那么多的人愚昧,他被迫把施工队撤回去了,从此再也不谈修桥的事……"你们还好意思去找他,那年你们不阻拦,桥现在都走玉完了。"这是老东母亲的话,但她是对自己说的,她不想对村上的人说。

从门口看过去,眼前是两丘细长的水田,那是半脱产干部老新的,修桥自然会占用他一点水田,原来他死活不肯,最近不知道怎么又同意了。老元在寨子上集资了一万多元,然后拉来几大卡车的石头,把水田的一角给填上了,也把老东母亲家的鸡圈给堵死了,她再不能像从前那样自由放养自己的鸡了。好几次她问老元,你们什么时候才把那些石头搬开?老元嬉皮笑脸地说,没得钱奶,要等上级拿钱来我们才搬得动……老新水田的外面,就是那条小河,她想起她刚嫁来盘村的时候,这条小河真是清亮,那时候到傍晚黄昏时刻,这条河里总有人在洗澡,男男女女,都脱光了身子在洗,虽然也有个别过路的人敢开些粗俗下流的玩笑,但终究还是没有讲特别出格的话,更没有特别出格的行为……河那边现在有人修建起了一栋时髦的小洋房,那房子的地基原来正是老东爷爷的,她刚嫁来跟老东父亲时,还在那房子居住过。三间两进的大瓦房,还配有左右两个厢房,房前是一块铺满鹅卵石花街的坪地,坪地临着河,河边有几棵大树,她至今还记得的有三棵,一棵是梨树,一棵是梧桐,还有一棵是槐树。她还记得每年五月间槐树开花时节,槐花的香味飘满整个盘江峡谷,全村全寨的人都说那花熏得人直想打瞌睡……但现在那些老树早没了踪影,老瓦房更是没了踪影。房子先是被村里的贫农们强行没收,用作草寮,后来又做了纸厂,再后来被人一把火烧掉了……房子烧掉后,屋基又被村人改造为农田,那农田几经辗转分配,最后分给了一个叫老书的人,老书就来那里修建起了盘村有史以来的第一栋别墅。别墅三层楼,外加一个尖尖的屋顶,高高地矗立在河谷中心,挡住了老东家看风景的视线。在原来,从老东家门口,可以看到远处山脚下的翠竹林和李树林,以及远远近近的水田,还有老东家那栋孤零零遗弃在岭上的老屋……现在是什么也看不见了,眼前只有这栋怪物式的洋房,巨大的蓝色玻璃反射出各种奇怪的影子和光芒……往右边看,倒是还可以看到一些水田,有些人家的水田里,秧苗已经返青了,风吹着稻浪,绿油油的惹人喜爱,但有些人家可能是缺乏劳力吧,秧苗都还没扯呢,秧自然也没插下去,水田的水就是一片白汪汪的,映着天上的乌云和山影,像一幅幅巨大的水墨画……

她坐在自家门口那儿,眺望着远处的山水田园风光,不知道又联想起了一些什么往事,眼睛里突然就有些湿润了,想说话却说不出词来,憋了半天,最后吐出来的一句话却是:"那挨刀的,都死二十二年了……"三儿子和三儿媳刚开始有点蒙,不晓得她说的是谁,但很快醒悟过来,母亲嘴里叨念的,其实是他们的父亲。没错,老东的父亲是二十二年前去世的,就是说,那时候,老东父亲才五十五岁,母亲五十八岁,老东三十二岁,老东三弟才十七岁……

她虽然没读过一天书，但有很好的记忆力，六个子女的出生年月和时辰她记得清清楚楚，如今八十岁了，依旧没有丝毫的糊涂。"你爹活着的时候总骂我笨，其实我是被他骂多了才笨的，我本来脑子相当聪明，记性好得很。"这是她经常说给老东听的一句话。她举例说，从前生产队养牛，每天早晨要着人割牛草，也每天着人称牛草计工分，有好几回，她跟人称了三十多个人的牛草，她不用笔记，只用心记，回来告诉他们爹，要他拿笔记，发现没有记错人家一斤一两……三儿子和三儿媳好半天才回过神来，明白她是在骂他们死去的父亲，心里也就释然了，因为他们知道她经常会想念起他们的父亲，有时候半夜里还会唱起歌来，把一家人惊动了，去问她，咋个了吗？她说没咋个啊，只是突然想起了从前跟你爹唱过的这首歌……其实父亲去世的时候，三儿子还小，刚从学校辍学回家来，去到外面打工，并不在家，那时候也没有电话，更没有微博、微信什么的，当他得知父亲去世的消息时，已经是父亲离去的第三十八天了，所以他对父亲的印象其实已经相当模糊了……三儿媳那就更是从来也没见过自己的公公，她只是从人们的反复描述中，知道老人家极爱喝酒，人幽默乐观，是天生的劳动能手，农活干得比所有的盘村人都漂亮……

虽说是多云的阴天，但随着时间的推移，天空却越来越亮，有晴和迹象。老东母亲不时抬头看看天空，像是自言自语地说，年年端午都有点雨，今年却像是要出太阳了。有过路的答复她，说出点儿太阳也好，下雨多烦死人，秧苗总烂完，没得空去栽。答复她的是一个叫毛妹的中年妇女，这人本来是老东的中学同学，初中毕业没考上学校，嫁来跟老东的一位堂哥做婆娘。人蛮好，心直口快，常常来帮助老东母亲做点儿这样那样事情，分文不取，也不吃饭，干完活路就在老东弟弟家用 WiFi 上网听歌——她太爱唱歌了，一听到人家唱歌就喜欢得要癫起来，自己也常常在网上跟别人比赛唱歌。

"你去哪里毛妹？"老东母亲叫住了她。

"我还去得哪里咋个满妈，我去找几片粑叶来包几个粑送孙崽们吃。"那个叫毛妹的女人说。

"哝哝哝，我本佩服你二嫂，这个时候还去找粑叶。"三儿媳闻声从厨房里打开窗子跟外面过路的女人打招呼。

"这个时候也没晚嘛三妈，"毛妹说，她是按子女的口吻称呼老东三弟媳的，"我又不吃粽粑，我是给那些在外头的孙崽们做几个寄过去，让他们尝一下味道而已。"

"那倒也是，现在有快递也很方便。"老东三弟媳说，"莫寄完啊，留两个给我。"

"你想吃，有你的，我多包几个就是。"毛妹说着话，人差不多已经下到了河边，才发现桥被冲走了，没桥了，又折回来到公路上，往公路的另一端走掉了。

5

上午十点来钟光景，一辆摩托车突突突突从公路远处缓缓行驶过来，到老东弟弟家门口停下，然后从车上走下来两个人，老东母亲老远就看出是她的大女儿和大女婿，却并没表现出十分兴奋和激动，只稳稳坐在大门口的木椅子上静静观望和等待。老东三弟和三弟媳倒是显得热情似火的样子，从屋里跑出来迎接他们，帮他们卸下车上带来的一些礼物，有一只大公鸡，一袋子粽粑，还有十斤米酒。三弟媳欢天喜地地拿进家去了。

"你们来了妹？"老东母亲微笑着问候自己的女儿。

"妈！"大女儿亲热地叫了一声。然后就大笑起来，说："哈哈哈，我妈今天穿了这样一身衣服，本好看。"

她过去抚摸妈妈的衣服，又拉着她的手看半天，说："妈咦，你这手咋个这样黑唷！"

老东母亲说，那是前不久在医院里打针被打黑的。她说自己血管细，难得进针，护士老是打漏针，所以黑了。女婿也过去跟她打声招呼："孃，若笨乃赖给国？"他还是习惯于说侗语。意思是："亲妈，你最近身体好些了没有？"老东母亲也用侗语答复他，说好多了。

"你们还拿鸡来？我这里鸡多得很。"老东母亲又说。

"今天是你们两个的生日，我们也要出点菜嘢！"大女儿笑嘻嘻地说。

"回回来都要拿酒，你们那点儿米也经不起刨几下啦！"母亲又说。

"有就拿，没得就再它咯。"大女儿说。

"再它"是盘村地方土语，"随便"的意思。

"大姐你们带来的鸡要不要杀？"老东三弟媳从厨房里伸出一个脑袋来问道，"我们已经杀一只了。"

"你们自己看嘛，够吃就不杀，不够吃就杀。"老东大妹说。

"应该够了吧，我们这只也有五六斤重。"厨房里的人说。

"你们只杀鸡光？还有别的菜没？"大妹问。

"有多得很！只要你吃得！"厨房里的人说，"老妈过生日呗，起码也要搞七八盘嘛。"

"那就莫杀了。"大妹说。

老东妹夫也走进厨房去，问有哪样需要帮忙的不？老东三弟说，没有要帮忙的，这里的活路差不多通了，你们去坐，去跟老太婆聊天。

他给姐夫敬了一支香烟。姐夫点燃后就走出了厨房。刚要跨过马路，又一辆摩托车停在了老东三弟家大门口。老东小妹妹一家也到了。这可是严重超载的一车。两个大人，三个女儿，还有一个小儿子。

"妈咦！你们这样坐没着罚款啊？"老东大妹满脸笑容地迎上去，帮妹妹一一接过礼物和孩子。原来她不仅背着一个崽，两只手还拎着两件东西。看到的人都觉得头大，她自己也说手麻了，下不来车了。

"罚也没得办法了，只有这样的能力了。"老东小妹夫说。

他们也带了一只鸡来，还有粽粑和蛋糕。厨房里的人又说话了：

"好啦，这下我们家成鸡场了，那么多鸡。"

又说：

"蛋糕你们买来了，那跟大哥讲，不要再买了。"

"再它，大哥买来我们多得吃点。"

"那也是，娃崽多，一个一块就分完了。"老东小妹说。

"妈，我要吃蛋糕。"她背上的小儿子说。

"妈，我也要吃蛋糕。"她的几个女儿也在喊。

"蛋糕是买送嘎婆的，你们嘎婆都还没吃，你们就想吃蛋糕？"小妹说。

"快拿来分给他们吃。我才不想吃你们那些蛋糕。"老太婆说。

老东小妹就把背上的孩子解下来。她大姐问：

"还吃奶呀小金人？"

"早就不吃了姨妈，我大了，不吃奶了姨妈。"小妹替崽答复姨妈。

为了生养这儿子，小妹忍受了太多的痛苦，还被罚了太多的钱，他们就给那崽取名小金人。

"确实是大蛮多了,都很像一个男子汉了。"大妹说,"该乃你妈得你噢,不然她不晓得还要受多少罪,多少苦……"

"你这一向又瘦蛮多嘎老丢。"老东母亲说。

老东小妹的小名叫老丢。

"拖那么多崽,又还要服侍两个老的,不瘦才怪了!"老东的小妹说。

一家人坐在堂屋里分蛋糕吃,边吃边说话,气氛热烈,其乐融融,连过路和来小卖铺买东西的人都羡慕得不得了,都夸奖老东母亲好福气。老东母亲说,我倒是享他们的福多了,只可怜他们那背时老者,年纪轻轻就死了,都没看到后来的这些孙崽、外孙崽。

人就说,那是他的命,你莫挂牵他嘎。

老东母亲就叹了一口气,说,讲是莫挂牵,还是可怜他,我们原先过得太苦……说到这里,老东母亲的眼泪就下来了,声音哽咽,话也说不出来了。

大妹笑嘻嘻地说,哎呀,我妈也是,你自己管好自己就得了,你还管我爹搞哪样嘛!你讲他苦,人家还讲他快活呢!以前他活着的时候,还不是一天三个醉,苦哪样嘛!他在那边,我们也没少送他钱,说不定在那边还找了个小的呢……

一席话把大家都逗笑了。老东母亲也破涕为笑。小妹老丢也把蛋糕切好了,递给母亲一块。她说,我没想吃这个。大妹说,你尝一口,剩下的归我,今天你是寿星,大家要祝福你点。她就接过来,品尝了一口,然后递给大妹,说,妈咦,太甜了,甜腻了,医生讲我不能吃糖,你们吃。

"有高血糖的人才不能吃糖,你又没有高血糖。"小妹老丢说。

正说着话,屋外突然下起了暴雨。巨大的雨点打在公路上、屋顶上,像铺天盖地的箭矢。刹那间,整个山谷一派雨雾朦胧了。

有人匆匆从门口跑过，老东母亲招呼他们进家来躲雨，那些人却只管没命地跑，根本听不到她的呼喊。

"才将看起来还要出太阳的样子，咋个下起那么大的雨来呢？"老东大妹说。

"该乃我们来快一脚，再慢一脚也被雨淋了。"小妹老丢说。

"你们不是讲十一点钟才到屋嘛，今天咋个提前来了？"大妹问。

"她爸爸本来想去搞完医院那点儿活路再来，但这几个崽吼刨老火，只好提前来了。"小妹说。

"你们医院那活路还没做完啊？"大妹问。她知道小妹夫在春节前就承包了乡卫生院的粉刷和维修工程。

"没得钱大姐，有钱的话早搞完了，你借点儿钱给我嘛。"小妹说。

"妈咦，你来跟我借钱你就找错庙门了，我这里欠一屁股债都晓得咋个还。"大妹又说，"噢，等下大哥来你跟大哥商量看看，他应该可以借给你点。"

"大哥那里，我不好再开口了，那年借他三万块交计划生育罚款，后来修房子又跟他借了两万，一分都还没还他，难得再跟他开口了⋯⋯"

6

雨落了一个多小时，河水又涨起来了，激流汹涌，洪水滔滔。

老东几个妹妹就坐在门口边聊天边打望河边的水势。大妹不由想起小时候她们在家做姑娘时的情形。那时候，只要下雨，河水也经常涨。每次涨水都总有一些木材从上游山坡上漂流下来。她们就披了蓑衣，戴上斗笠，然后拿一把长长的抓钩去钩木材。有时候一个半天可以钩上来半码木材。有些较完整的木栋子可以拿来解成板子卖钱，剩下的则当柴火烧，也可以烧半年。

"现在都看不到木材了。"大妹说。

"现在哪里还有木材，岩石都没有了。"老东母亲说，"以前没有公路，也没有油锯，木材砍倒后就堆放在坡边，现在呀，有公路，有汽车，有油锯，满坡的木头，几个人三下五除二就拿回家来了，连木渣都不留一粒在山上……"

时代变化太快，老东母亲对此更有感触。她稍稍走出门口，指着公路左边斜对面的山坡对大妹说，你看现在人家是咋个砍木头的？大妹顺着她指示的方向看，只见对门坡的天空中，居然悬停着一根巨大的杉木，仔细一看那杉木下面有条钢丝。她一下子就看明白了，那是有人在用钢缆运输杉木。她说，这个啊，现在砍木头的都是这样做了。老东母亲说，以前我们砍木头哪里是这样砍？我们那时候是架桥靠人拖下来，那活路我和你爹得做多得很，你爹的钉牛都还在，你们晓得吧，钉牛钉在木头上，四个人，前前后后抬、拖，一天下来，肩膀上全是血……现在的人，哪里晓得这些苦！

大妹笑着说，我妈又在念她的菠萝经了。老东母亲说，菠萝经？怕以后你们想有人念都没得听了！她摆了摆脑壳，又叹了一口气，意思是很遗憾大妹们听不懂她在说什么。她心里其实很明白，她的几个子女中，只有大儿子老东最爱听她讲过去的历史，其余的，既不爱听她叨念，也不想知道她过去的经历，但她们会给她捶背，会给她掐脚，也会给她讲述左邻右舍和亲朋好友的家长里短，甚至还会给她讲六畜养牲们的故事……"妈，我家那只狗又棚一窝崽了。"大妹就经常这样跟她说。对于这些事，她当然也有兴趣。"生了几个？"她问。"还不晓得，那背时狗躲在楼脚生，还看不到。"大妹说。大妹嫁去的地方，本来就坐落在高坡高岭上，她家又格外是坐在寨子的最高处，周围团转只有她一户人家，所以她很有必要养只狗，不过她家养的狗却不止一只，常常是四五只，陌生人挨拢她家，会被狗们吠得吓破胆子。不仅养狗，她还养猫，山里老鼠多，有猫好。所以她家有猫仔狗仔，她会经常问妈妈要不要领养一只？妈妈说养一只也好。老东三弟这里，虽说也还挨着寨子，但是在路口桥头，其实也是单家独户，老鼠也不少，所以老东的母亲很希望养一只猫。狗她原来也从大妹那里拿来养过，但大约因为是撵山狗基因遗传的缘故，拿来养的狗总喜欢咬人，都先后被迫敲掉吃肉了，后来就不再养。猫养了好几只，小时候被老东母亲宠得跟养人崽似的，但长大后不是被人偷偷捉去吃掉了，就是自己发情跑掉不回家了，变成了野猫……老东倒很喜欢家里养些小动物，他知道妈妈一个人孤独，有些小动物陪她，会有些许安慰。

厨房里不断飘来菜香味，开饭的时间快到了，但老东的身影还没出现。老东母亲就问大妹，你大哥讲他好久到屋？大妹说，我没晓得，要问老三。于是她去问老东三弟和三弟媳，大哥讲他好久到屋？你们今早晨打电话给他没？老三回答，打了，他讲吃饭莫等他，他的时间把握不到，他讲上午有个会，散会就赶过来。大妹就说，妈咦，那就只有等他来吃晚饭了，中午这餐是赶不上了。

堂屋里始终开着电视，但其实大家都在说话，没有人在认真看。看电视的是老丢的几个小孩，不知道什么原因，那电视的信号总是不好，时断时续，几个小孩就吵得不行。老丢就去问她三哥是怎么回事？她三哥答复说，怎么回事？岁数大了，零件生锈发霉不好用了。那台电视机是老东在十多年前买来给她妈妈的。那时候老东的爸爸已经去世好几年了，妈妈和弟弟都还在岭上的老屋里居住，还没搬到公路边来。老东听三弟说，妈妈常常整夜独自唱歌，老东听了心里甚是难受，他那时也离异了，很能够体会和理解到妈妈内心的孤独,一度曾想到给妈妈找个伴,但这事在农村落实起来很困难,不现实,就放弃了,他自己倒是重新找了一个伴,然后给妈妈买来了一台电视机。那时候盘村还没有通公路,他是亲自驾车送到上面的岑卜寨,然后从岑卜寨找人抬进盘村来的,还有一个天锅,也一起找人抬进来,又找人来安装的。那台电视是彩色的,24英寸,在当时的价格是三千多元,几乎是当时最豪华的电视了,一不小心,也成了盘村有史以来的第一台彩色电视机。老东母亲就常常很自豪地对人说,我们家有好几个第一,他爹当时是村里第一个穿皮鞋的人,也是第一个拥有收音机的人,他大哥是第一个大学生……村人当然都恭维她,说你家好,你家个个命好,命贵……她说,命好谈不上,以前他爹苦得很,没有我守住他,他早死到哪里去了,他年轻时候想去当兵,村里的人就卡他,不让他去,说他成分高……老东回家来,听人议论到这事情,就对妈妈说,妈,以后你不要去跟寨上的人讲我们家这样好那样好,人家会妒忌你看不惯你的,好不好,都有天管着呢,你去讲这些搞哪样?老东母亲就像是孩子听到大人训斥一样,明白了自己的不对,从此再也不在村人面前提及几个第一的事情了……老三过来把电视机拍了几拍,画面又恢复了。他说,也该换得了,寨子上的人,全部是第八代、第十代电视机了,只有我们家还在用第二代、第三代产品,怪我,没本事,穷,但你放心妈,再穷,我也要给你买一台顶好的……厨房里的人听见了这话,就答复他,买顶好的?怕是卖了你自己还差不多,卖了你婆娘也值不了几个钱,你晓得现在顶好的电视是好多钱吧?液晶的,没有一万也要八千……老三说,讲话莫这样夸张好不?电视机我去看好多回了,最好的液晶电视,34英寸,也就五千多点,这点钱,我砸锅卖铁也要挤出来……两口子你一言我一语的在呛话。大妹说,我支持你买老三,你买的话,我赞助你一千,大哥赞助你两千……

三儿媳说，你们莫喊大哥赞助嘎，大哥累死送你们几兄妹了，我们去年在城里买的房子，大哥赞助了五万，前年老丢修新房子，大哥也赞助了两三万，那年大姐修公路，大哥也赞助了一两万吧……讲明的，我们这一家人，除了二姐没跟大哥借钱光，其余都欠得有大哥的账，大哥的情况我听讲了，他现在又是单身了……三儿媳说到这里，意识到自己说漏嘴了，不该在妈妈面前透露大哥目前的困境……本来，大哥再次离异的消息早就有人透露出来了，虽然老东怕妈妈担心他，不想让母亲知道，但到底是没有不透风的墙，何况，现在盘村人在县城里租房盘崽读书的人多了，知道这消息的人其实已经很多……老三瞪了他媳妇几眼，说，你这嘴巴，麻烦你把那开关给我扭一下，扭到闭嘴那一挡……三儿媳于是非常懊悔地跑回厨房去了，留下这一屋子的人顿时安静下来。

7

突然有很多人从老东三弟家门口经过，他们都是跑过去的，走得匆匆忙忙，像是哪里发生了什么大事，后来看那些人手上都拿了捕鱼的工具，老东大妹就明白了大半，说，是不是上头的水坝垮了？老三赶紧打电话联系上寨的哥然，果然，哥然给他回复的信息是上面的水坝决堤了。水坝里是养得有鱼的，坝子垮了，鱼必然会满河跑，所以大伙都拿着捕鱼的工具往河边去。

老三第一个反应过来，也拿了工具往河边去。老东母亲说，那么大的水，咋个捞得到鱼啃？大伙觉得妈妈说得有理，就按兵不动。但是，老东三弟很快就打电话回来了，说快拿大塑料桶过去，真有鱼。老东的两个妹妹、妹夫和三弟媳于是赶紧拿了各种工具往河边去。这时候雨已经基本停止了，但天空并无晴和迹象，依旧是乌云滚滚的样子。河边里全是人。老东母亲觉得这景象简直不可思议，平时这寨子上要找一个人说话都难，今天怎么冒出来那么多人呢？这些人从哪里来的呢？后来她想到了今天是端午节，大伙都从四面八方赶回家来过节，所以人多。她想到这里，心里释然了。但她已经不能再像年轻时候那样到河边去捉鱼，只能在家照看小女儿的几个娃崽。

有人不断从河边得鱼回家，每个人脸上都是喜气洋洋的。捞得的鱼都蛮大，最大的差不多有十多斤。她突然想起先前三爹万和老东父亲他们做纸厂的那个年代，因为他们做纸的原材料是构树皮，构树皮要用石灰煮烂才能打成纸浆，然后再舀成纸，所以其中的一道程序是把煮过的构树皮拿到河边去清洗，这时候必然会闹着河里的鱼，为了显示公平，让每一家每一户都能捡到鱼，在洗构树皮的时候，三爹万他们就会在广播里通知全村的男女老少都下河去捡鱼，捡起来的鱼当然就不再交公进行二次分配了，所以家家户户的人们都会在得到通知后拼命跑到河边捡鱼……那一河的人，跟今天出现的情景何其相似！仿佛昨日重现。她从不觉得那个时代有什么美好的记忆留给自己，但单就捡鱼这件事情来讲，她觉得今天的人还是不如过去的人讲公平义气，今天的人知道上游水坝垮塌了，居然没有人用广播通知全村各家各户，真不知道他们是怎么想的。又想，这也是奇怪了，前段时间下的雨比今天这阵雨大多了，水坝怎么没垮呢？今天才下不到两个小时，就垮掉了？是不是有人过节想要吃鱼，故意放的水？

老东母亲本来以为大伙到河边去一会儿就打转回来吃早饭了，没想到他们一去居然就是好几个小时。中间只有小女婿回来过一次，拿来不少鱼，倒在厨房大水缸里又匆匆跑掉了。老东母亲问他们还要多久才能回来吃晌午饭？小女婿回答说可能还有一岗岗，如果饿饭，就叫几个崽先吃粑粑……寨子上其他家也有人往家里搬运大鱼，她觉得奇怪，问那些人，那么大的水，怎么可以捞到鱼？那些人笑起来说，哈哈，满妈，这个你就没见过了吧，我们也没见过，这些鱼大概一直在水坝里安静生活，从没见过那么大的洪水，被吓坏了，所以在水里总是拼命地跳，你根本用不着捞，你站在岸上它们自己都会跳到你脚边来，我们也是第一回见到有那么不讲理的鱼……有一个叫三梅的女人，背上还背着一个孙崽，手里拿了一条十多斤重的大鱼，笑成一脸桃花，老远就跟老东母亲打招呼，满妈，你家有大盆不？有的话借我一个，我先把这条鱼养起来哆，我长这么大，还没见过那么大的鱼……老东母亲说，盆和桶有没有我就不晓得了，我好多年不当家了，现在都是三媳妇在当家，你自己去厨房里看看，有的话，你就拿去用，记得拿回来还就可以了。又说，十多斤重的鱼你们都没看见过？我们年轻时候，三四十斤的鱼都经常打得到，那个时候，这条河里的大鱼多得是，两指大的鱼没人要……三梅说，妈咦，你怕莫是讲梦话吧满妈，我们这山岢岢地方，哪个时候有那么大的鱼，大河边差不多……

　　三梅匆匆忙忙又走掉了，老东母亲也没有看清楚她到底把鱼放在了什么地方。几个娃崽在打闹，大概是真的有些饿了。她从里屋里拿出一些粽粑和饼干来，分给她们吃，嘴巴却仍在答复着三梅的话，大河边，我们这条河就是连接着大河边的路嘛，这里到大河边才几里路嘛，一涨大水，那些鱼就呼呼呼地往上游飞，飞到飞不动为止，再高的飞水它们也飞得上去……她把瀑布叫作飞水……盘江河谷上游，的确有好几处飞水，年轻时候她经常到那地方做活路，砍木头，开荒，讨板栗，捡菌子……那当然已经是很多年前的事情了……她努力回忆起自己最后一次去飞水崖的准确年份，却是想了很久没想起来。但她想起了有一年她跟着老东父亲去那里偷砍木头的情景。那时候，一切都是集体的，山上柴火，水里鱼虾，全部属于生产队所有，个人是无权侵占的。但那年几个娃崽都在上学读书，都要钱，他们所有的办法都想尽了，都没法搞来钱，于是想起了去偷砍几根木料来变换成现金。按照她男人的说法，那地方的山林本来就是他爹的，刚解放搞土改那会儿，这山林也还是写在他们家的土地证上的，只是后来有了公社，才全部被收归集体了，所以那不能算偷，只能算拿……两夫妻就在深夜里摸黑进去了，说不害怕是假的，一路走，一路打崴脚，她希望男人能给她鼓点劲，哪晓得她男人比她更加脚软，讲话的声音都是颤抖的，又像蚊子那样细小……根本问题还是怕被人当场捉住，那样的话，真不知道要被他们斗成什么样子，斗地主婆乃桂花的时候他们又不是没有看见过，手被捆绑着，扭到背后，头低着，腰杆弯成九十度，站一整天，任何人都可以上去往她脸上吐口水，扇她耳光，抽她嘴巴，踢她胸部和屁股……当然也怕地上的毒蛇，有一年她在自己家门口被毒蛇咬了一口，包草药包了一年多，用她男人的话说，差点儿报销……他们在飞水崖位置砍倒了一棵金丝楠木，又锯断成两截，然后连夜扛到三十里外的楠洞中学去卖给一位汉族校长。那校长给了他们十块钱，他们刚走到学校大门口就晕倒了，是饿晕的，好在距离中学不远处就是老东一位姑妈的家，他们慢慢摸到老东姑妈家吃了一碗红薯稀饭才有力气打转回盘村来……一想到这些老东母亲的眼泪总是忍不住要往外涌，她有时候觉得自己跟着这男人其实不错，他人本分，聪明，又能吃苦，晓得动脑子找吃的，不像寨子上某些人家，劳力多得是，就是不晓得动脑子找吃的，天天拼死拼活地出工，但年年到头来都还倒欠生产队的钱。老东父亲在这方面实在比他们强很多，但他也有他的弱点，他的弱点就是爱慕虚荣，禁不起外人夸奖，只要有人夸他几句，再喂他几杯米酒——酒还是他自己的——

要他做什么事情他都愿意了……她跟着他去偷伐集体木材当然不止那一次了，后来在别处也做过类似的活路，但那些木材他们搬回家来之后，就放在楼上的土炕上炕着，谁也没有发现，谁也不知道……后来居然是有一回趁她不在家的时候，被一个过路找酒喝的半生不熟的朋友用几句好话就把那些木材全部诓骗去了，她回家来得知这事后几乎气得当场吐血……再后来他又被一个上海来的知青用几斤全国通用粮票就换去了两个金丝楠木箱子……她就常常对老东说："你爹那脑子有时候就是猪脑子，只要得几杯酒喝，哪样事情都可以答应人家，连崽和婆娘都可以卖给人家。"

8

到下午两三点钟时，孩子们才全部满载而归，鱼装满了好几只塑料桶，大家欢天喜地地在议论捞鱼的过程，说谁捞到的鱼最大，谁捞到的鱼最多，七嘴八舌，吵闹得不得了。那个叫三梅的人也来把自己存放在她家的鱼拿走了。老东母亲就对大伙说，你们都不晓得饿饭啊？我饿得肚皮巴背了。大妹说，你不晓得自己吃饭啊！锅子里有现成的饭菜。又说，还有那么多的粑粑呀……老东母亲说，你们不来，我哪里敢吃。

三儿子说："我们换衣服哆，换了衣服，马上开伙！"

老东母亲问："大哥咋个还没来？"

三儿子回答说："他下午还有会，要晚上才到。"

三儿媳在找衣服给大伙换。姐夫和妹夫要换上他男人的衣服。大姐和小妹要换上她的衣服。她找了半天，没找到特别合适的。说："先将就穿哆，等一岗吃完饭喝完酒，你们的衣服也差不多干了。"

正说着话，一辆摩托车又开来停到她家门口。车上的人穿着雨衣，大伙开始没认出来，待到那人把雨衣的帽子揭开了，大伙就认出是二哥的大儿子老当。

"哈哈，你来晚了老当，你早来一个小时，你可以带几十斤鱼回去，你油钱又有了。"

"我上午有活路，又没得时间看微信，等我看到微信群里大家发的照片，我后悔死了，早晓得昨天晚上就过来了。"老当说。

老东三弟兄，三姊妹，只有老东考上了大学，谋到了一份比较稳定的工作，而其余的弟弟妹妹都没念完中学，都继续待在农村，但二弟去当过几年兵，退伍回家后就带着一家人到广东那边打工，很少回家来了，却在家乡县城里购买了一套商品房，给大儿子老当住。老当从小因为没有爸爸妈妈在身边照顾，学习也不上进，早早就到社会上混生活，接各种各样小工来做，勉强可以过日子，不过还好，他不学坏，除了爱抽点烟，没有其他恶习，每天骑一辆摩托车，带几件简单工具，天亮出门做工，做完工回家，倒也让人放心。但也正因为他过着如此重复而单调的生活，加上性格上的内敛，所以至今没有成家，依旧单身，这是唯一令家人担忧的。

六个子女，基本上个个都很孝顺，村里村外也对这家人都有口皆碑，都说老太太教育有方。但说到孝顺方面，老太太心中其实是另有一把秤的，她心里很清楚，最体贴她的，还是两个大的，一个大儿子，一个大女儿，其余的，不是说不孝顺，而是缺乏更多的关怀和体贴。二儿子一家人长年在外打工，很少回来，体贴当然就不可能做到了，就是关心，有时候也只是电话上说说而已。不过今天他能派老当来，说明二儿子也还是很重视老太太的生日的。估计晚上他还会来电话。

那么，六个子女就只差二女儿和大儿子没有拢场了。二女儿已经提前来电话说明清楚了，她在浙江打工，路远，回不来，就打了两百元红包到三弟媳的微信里,叫她转给妈妈,算是送给妈妈的一份生日礼物和祝福。大儿子是明确表态要回家来的,先是表示中午会议结束后就赶来,但后来又说下午还有会,估计只能晚上赶到了。老太太对大儿子是最放心的,他说来就肯定会来,说不来,她也很能体谅他……丈夫刚去世时,她立即有了一种无依无靠的感觉,在把丈夫安葬完毕之后,她就去跟着大儿子到城里同住了一年,那时候,大儿子和他新娶的大儿媳对她都很好,但她又总感觉在城里住着还是很别扭,远不如在盘村自己的家里生活自在,同时那时小儿子和小女儿都还没结婚成家,都还在外面打工讨生活,她心里总是放心不下,总觉得自己有什么地方做得不对,后来她梦见自己的男人,那男人在梦里对她说,你还有两个小的没尽完义务,怎么就来到城里跟大儿子享清福去呢……听了这话,她立即惊醒过来了,当即就决心不在城里跟大儿子继续这么过下去了,于是又回到盘村,重新打扫老屋,延续着原来的生活,等待着小儿子和小女儿的归来……后来,果然,小儿子回来了,还带来了一个讲普通话的外地媳妇,小女儿也回来了,同样带来了一个男朋友,人倒是本地的,她就帮他们把婚事一一操办了,这才带了一把香纸到自己男人的坟上去,边烧边说,这回你就放一万个心噢,你的几个崽女都成家了,我的义务也完成了,要是他们不孝顺我,我去跟别人去过,你也莫要怪我噢……

一辆白色的越野车又突然悄无声息地开到老东三弟家门口停下,正在堂屋里换了衣服准备去厨房吃饭的几个捞鱼人几乎异口同声地说:"大哥来了?"

结果走近一看,来人不是他们的大哥,而是对面寨子的老成。

在盘村,老成一直算不得一个角色。他没读过几年书,也没什么特别的技能。跟他父亲一样,是盘村最老实巴交的农民。几年前却因为盗伐林木被林业派出所抓了进去，一下子惊动了整个村子。一关半年，据说还要判重刑，他家人就慌了，赶紧到处找人帮忙。他婆娘去找到老东，哀求老东帮她把老成从牢里捞出来。老东心里想，你们这些人，如果不是出了这样的事情，一辈子都不会喊我一声哥的，现在知道着急了。但他还是答应了她，说，好的，我尽力就是。为营救老成，老东还真是尽力了。他找到了当县长的同学，又找到了在州法院和州检察院的朋友，结果老成被判了一年监外执行，立即就可以回家了。

虽然回了家，但毕竟是被判了刑，这也是盘村新中国成立后第一个被判刑的人，大家心里对他还是很有看法的。老成觉得自己在故乡盘村实在是混不下去了，就带了婆娘子女一起进城去找事做。做什么事呢？杀猪。他婆娘则摆摊子卖猪肉。

结果谁也没料到，几年下来，老成夫妇居然发了。他们不仅在城里买了房子，还买了车子。更重要的是，他们的大儿子医科大学毕业，进了州医院当医生，上门求他们帮忙的人门庭若市了。

"来屋呀老成？"大伙主动上去跟他打招呼。

"噢。"老成长得极胖，又戴一墨镜，像极了电影里的黑帮老大。"大姐，老丢，哥平，你们都来屋啊？"他说话倒也礼貌谦和。"大哥来屋没？"

"他要晚上才到。"

"他来屋你们跟我讲一声，我一直讲要请他吃餐饭，他总没给机会。"

"好的好的，他来我们跟他讲，不过估计他也是来打个转就走，他当干部的哪里像我们这样得空啊。"

"他来你们一定跟我讲一声，起码，到我屋坐一下嘛。"

"你那屋可能都生霉了吧？"

"是生霉了，我们一年来不了几回，今天过节嘛，总得来给老人家烧个香纸。"

老成父母亲都去世很多年了。他父亲当过兵，参加过抗美援朝，母亲年轻时是生产队的妇女主任，在盘村地方也算是角色。但到老成，势力就减弱了。没想到老成因祸得福，现在又成了盘村里让人另眼相看的人物。

老成带着家人，拎着大包小包要往河边去，老东母亲提醒他：

"那里走不得了，桥着冲走了，你们要绕到老孔桥去。"

9

厨房正中央摆放着一个烧柴火的铁炉子，铁炉子上煮着一大锅鸡肉鸡汤，边上延伸出来的铁皮圆桌里摆满了十几道菜。一家人全部围着这张圆桌坐下来了。大妹两口子，老三一家四口，小妹一家六口，加上老当和老太婆，一共十四个人，有点儿拥挤，尤其小妹的几个孩子，又吵闹又占空间，让人没法安静吃饭。小妹的男人建议小妹给孩子们夹了菜后到堂屋去吃，又哄孩子说那里有电视看，可以边吃边看灰太狼，三弟媳说不要紧，让他们到这里，热闹点儿。

老当负责倒酒，四个碗倒满了，问老太太：

"奶，你要吃点酒没？"

"我吃不得。"老东母亲说。

又说：

"你们莫忙动筷子哆，先给你爹烧个香纸。"

大伙这才想起来忘记了烧香纸。这是盘村地方风俗，但凡有节日，或有好吃的，总要烧点香和纸，表示请在阴间的祖先灵魂回来与儿孙们一同分享美食美酒。从前老东父亲还活着的时候，他是最记得这道程序的。但自从他去世之后,年轻的一辈就不大记得了。有时候饭吃到半餐了,因为不小心打泼了酒水,才想起来,说,哎呀,忘记给老人家烧香纸了,难怪,难怪。

香纸烧过,大家刚要拿筷子举杯,不料门口又有人喊:

"满妈,来卖东西。"

老三媳妇赶紧跑出去,看到几个女的在她家小卖铺里等候,她不认识那些人,但那些人却猜出了她是谁:"你是老三的屋头吧?"

"是啊!你们是?"

听到有人问话,这边厨房里的人就打开窗子看过去,立即认出来那几个女的正是他们原来的邻居凤江、凤银、凤姑、凤满、凤丹、凤兰、凤小七姐妹。七姐妹的父亲老学原来跟老东的父亲是极为要好的朋友,年轻时就商量好了要在一起造房子住才好伴喝酒。所以当年岭上其实是有两栋房屋的,住着两户人家。后来老学一口气生下七个姑娘,没有生下半个男崽,村里人就看不起他,背地里骂他"绝后无嗣"。在盘江河谷地方,他就很是低人一等,抬不起头来了。无奈之下,他去看香问神,神说是你那屋基不好,得搬到别处去。于是他们家就搬走了。说来也怪,搬走后老学果然接连生下了两个男崽。但有了这两个男崽后不久,老学的妻子就得病去世了,再过几年,老学也走了。所以,实际上,老学的两个小儿子差不多是孤儿……老学的大女儿和二女儿跟老东差不多同龄,所以小时候那七姐妹中前面几个大的,其实是跟老东一起玩耍长大的,他们最记得的人当然是老东。老东的大妹跟几姐妹中的那几个小的又差不多同龄,所以小时候也是很好的玩伴。但她们出嫁的时候,大妹自己也嫁人了,所以后来她们几姐妹嫁去了哪里,命运如何,大妹都并不是很清楚,年纪更小的老三和小妹他们就更是不怎么晓得情况了。

因为是多年没见的老邻居和少年玩伴的到来,大妹和老三赶紧起身去打招呼，使得本来已经安坐准备要开饭的一家人又暂时动不了筷子。

老太太当然也坐不住了，慢慢腾腾站起来，走到那几个姊妹面前去问寒问暖。

"来屋看点……总不来，兄妹的情分都生分了……"老太太拉着她们的手说。

没想到她这一说，几个姊妹的眼泪就流下来了。说，满妈，看到你，就像看到我们妈一样……不是我们不想来屋啊满妈，实在是我们的命不好，做不起人生……

几姊妹的话，老三听得半懂不懂的，大妹也只是略知一二。但老东母亲却听得很明白。原来几姊妹当年嫁人，都不是自由恋爱嫁去的，而是父亲得了媒人一点好处之后就草草答应把女儿嫁出去的，差不多相当于是买卖婚姻了，所以几个姊妹嫁去的人家都不怎么好。其中最可怜的是大妹，她原来在家当姑娘的时候，不仅人长得漂亮，而且极其聪明贤惠，但嫁去的人家家境很差，后来男人外出打工又出了事故，死了，她才二十多岁就守了寡……她也曾几次想丢下孩子去跟别的男人过，但最终都因为太想念孩子又回转到了她的婆家……

"你们要买点儿哪样？"老三媳妇问。

"我们也不晓得买哪样。从屋来的时候，因为要赶车，没时间准备东西，你看有哪样好点的礼品没三孃？"她们是依照儿女的身份来称呼老东三弟媳的。

"那你们就一个拿一样咯，有苹果、梨子、牛奶、啤酒……看看你们要辣酒不？你们两个老弟都很爱喝辣酒。"

"有哪样辣酒三孃？"

"有一千五百块一瓶的茅台，有三百八十块一瓶的习酒，还有一百八十块的……"

"妈咦！弄个贵我们咋个买得起唷三孃……苹果呢，苹果是好多钱一箱？"

"苹果和梨子都是三十八块钱一箱。"

"那我们就拿苹果和梨子吧。"

"你们都拿苹果和梨子，你们两个老弟吃得完啊？不烂掉啊？"

"我们一个拿一样……"

七姊妹，选了半天，然后一个拎着一件礼物辞别了老东母亲、大妹、三弟和三弟媳，摇摇摆摆地往大寨里走去了。

看着他们远去的背影，老东母亲感叹说：

"那个大妹，本老得丑看啊，晓得她是咋个的，会不会是有哪样病吧？"

"你管人家弄个多，你管好你自己就不错了。"老三说。

他们正要穿过马路，往厨房这边走，不料又有一辆车子到来了，从车上下来的居然是他们一直在叨念和盼望的大哥老东，这却是几兄妹料想不到的。

"哈哈，大哥来了，你不是说要晚上才到吗？"大妹笑嘻嘻地迎上去，对老东说。

"帮我把这个拿进屋去。"老东并不直接回答大妹的话，而是从车子后备厢里拿出两瓶酒交给大妹。又把几个大塑料袋子交给三弟，说拿去给妈。

"你吃饭了没大哥？"大妹问。

"晚饭还没吃。"老东说。

"我们早饭都还没吃。"大妹说。

"你们这个时候都还没吃早饭？"老东睁大了眼睛问。

"他们忙着去捉鱼。"老东母亲说，"今天早上下大雨，上头水坝垮了，一条河都是鱼。"

老东三弟接过大姐手中的酒，一看是茅台酒，就问老东：

"这个酒咋个处理大哥？"

"咋个处理？开来吃嘛。"老东说。

老东三弟立即喜笑颜开，说：

"那二哥不来就亏大了。"

"你二哥没来？"老东问。

"全家都到齐了，只差二姐、二哥和二嫂。"老东三弟说。

"二哥的崽来嘎，也算派代表到场嘎。"老东三弟媳说。

10

一家人重新围着铁炉子排座次。

大哥老东当然坐首席，然后依次是老母亲、侄儿老当、大妹夫、小妹夫、老三、三弟媳、大妹、小妹、小妹的四个崽。大家全部坐稳当后，老东一边吩咐老三打开茅台斟酒，一边对大伙说：

"今天是我们妈的八十岁生日，当然也是妹夫老平的生日，同时也还是我们国家的传统节日端午节，几个好事情都碰在一起了，算是三喜临门吧。我本来想邀请几个朋友来给妈祝寿庆生，但我晓得我们妈不喜欢这一套，所以最终没有邀请任何一个朋友来，今天就我们一家人在一起给妈简单祝个寿，妈本来是不同意我们这样做的，她讲我们地方没有过生日的习惯，的确，以前我们地方的人只过一个生日，就是在满一岁的时候，以后就不过生日了，但是，今天时代发展了，我们家也要与时俱进，我们不会年年给妈妈过生日，但八十岁，我们还是要跟她老人家庆祝一下。其实我们一家也是很难得凑到一起的，包括今年，也还是凑不齐，那么今天既然大家都差不多来到了,我们就一起举杯祝福我们妈妈身体健康,万寿无疆……酒倒好了没有老三,倒好了就一起举杯,祝妈妈生日快乐,也祝大妹夫生日快乐!祝大家节日快乐!来,干杯!"

大伙就齐声喊道:"是这样噢!干杯!"

干杯之后,老东发现妈妈没有喝酒。就对妈妈说,妈,你象征性喝一点儿,这酒是世界上最好的酒,从前我们家穷,我爸爸那么爱喝酒,我都没能力给他喝一口,现在我们有这个能力了,你代替我们爹喝一小口。

老东母亲就真的拿起杯子抿了一口。老东问:

"好喝吧?"

老东母亲说:

"你爹要是还活着,他会高兴死了。"

说着,声音就有些哽咽了。老东赶紧劝住:

"妈,你也不要老去翻那些老皇历,那都是过去的事情了,你今天活到八十岁了,身体还么好,我们就是天底下最有福气的子女了……来来来,老三,你负责倒酒,今天我们几兄弟把这两瓶酒喝完,我估计你们平时也难得喝到这种酒……"

"我是第一次喝……"大妹夫说。

"我也是第一次喝到这种酒。"小妹夫也说。

"不要说你们是第一次,我可能都是第一次……讲实话,茅台酒我们倒是经常喝,但假的多,真的少……不过我们今天喝的这两瓶绝对是真的,这个是我们政府采购的……"

"你是拿单位的酒来?"老东母亲脸色一变,提高了声音问道。

"妈你想到哪里去了啊,我这两瓶酒是我去年作为劳模代表,参加全省的表彰大会,省政府奖励的……你放一万个心吧妈,你儿子可能在其他方面会犯些错误,但在这个问题上,绝对不可能犯一点错误。"

又说：

"酒都倒好没老三？倒好就接着来，这是第二巡啊！三巡之后，大家随意，但三巡是必须喝的，来来来，干杯！"

大伙又干了第二杯。老东就劝大伙吃菜。边吃边问今天是谁的主厨？菜做得蛮好。老东三弟媳说：

"哟！难得得到大哥表扬一回，看来今天忙这一早上没有白忙。"

"不是我要故意表扬你，今天你这个鸡炖得真的很有水平，肉是㶽的，老人家吃得动，年轻人也吃得还有味儿，盐也放得正合适。"

"大哥你这样一表扬，我以后就不用下厨了。"老东三弟说。

大伙笑。三弟媳说：

"妈咦，好像你以前下过厨一样，你拿良心讲，你晓得盐巴放哪里不？"

老东母亲说：

"平时都是你带崽在城里过，他不下厨哪个下厨嘛。"

三弟媳说：

"哝哝哝，本护得好自己的崽啊！像只母鸡婆那样。"

老东说：

"老妈护满崽，那是天经地义的，这也本是我们这地方的传统习惯，而我们妈在这个问题上又比人家的妈特殊一点。"

老东三弟媳问：

"妈又有哪样特殊的？"

老东说：

"我们小时候吃妈的奶，最多只吃一年，老三吃了我们妈五年的奶，你想想看，她不护老三她护哪个！"

老东三弟媳说：

"妈咦！难怪唷！每次讲她崽点点都讲不得，原来还有这样的背景。"

正说着话，突然有鱼从缸子里跳出来，把大伙吓了一跳。老东三弟媳赶紧去收拾。老东又邀请大伙喝酒：

"来来来，第三巡。"

大伙又把酒干了。老东母亲说：

"好酒你们也要少喝点，你爹就是喝酒死的，你们还记得不？"

老东说：

"妈，我爹那是酒精中毒，我们这是正常喝酒，是两个概念，你晓得不？"

老东母亲说：

"我没晓得你的这些概念，我只晓得喝酒多的人死得快。"

大伙笑。老东说：

"适可而止，适可而止。"

老东三弟说：

"关键不是酒，是命。"

大妹夫说：

"讲命也有道理。"

小妹夫说：

"讲来讲去，还是命。"

老东说：

"妈咦！冤枉了国家对你们进行了几十年的唯物主义教育，你们哪样都讲命，那还讲得完？"

老东母亲说：

"没讲命，你爹咋个从来不生病却那么年轻就死了？你和老当哪点儿都不比别个差咋个讨不来一个正经婆娘？"

大伙哈哈大笑。老东母亲却是一脸的严肃。

老东说：

"妈，我算服了你，好好好，都是命，来来来，为我们的命，干杯！"

一家人边喝酒吃菜，边谈论着家里人目前遇到的一些困难和问题。从大妹夫砍伐木材被罚款的问题，到侄儿老当的单身问题，从小妹夫的工程承包资金不足问题，到老三和三弟媳在城里租房和租金的问题，以及他们大女儿的学习成绩问题……都被一一提出来讨论，老东不时插话提出自己的建议，但没有一件事情得到最终的解决。

话越说越多，酒越喝越浓。天色也渐渐暗淡下来了。女人们吃好了饭，都先后退出酒桌，来到堂屋门口歇凉摆门子。男人们则继续鏖战，一瓶酒已经很快见了底，接着第二瓶已经被打开了。

大伙正吃得热火朝天，屋外突然传来小孩的呼喊，快来看，有"夺略荣"。

"夺略荣"是侗语，彩虹的意思。大伙于是循声纷纷走出屋外去看彩虹。

老东也跟着出去了。果然是有彩虹……原来是天空中又飘起了毛毛细雨，同时有太阳从云层中照射下来，形成了彩虹，横跨在盘江河谷两岸，甚是美丽……大家纷纷拿出手机来拍照。但这彩虹很快就消失不见了。毛雨还在飘，夕照却没有了。

看了一会儿彩虹，大伙重新回到厨房里喝酒。老东就不再落座了。他跟两个妹夫招呼一声，然后转身也拉了一把木椅子坐在堂屋门口陪母亲说话看风景。

屋里重新开席的老东三弟对大伙说：

"拿那么小的杯子喝太浪费时间了，直接上小碗吧？"

侄儿老当说:

"按道理,茅台酒只能用小杯子喝,但大爹不来的话,改用碗,我也没意见。"

老东三弟媳问:

"今晚你们几个都不回去了吧?"

大妹夫和小妹夫表示还要回去。老东三弟媳就说:

"要回家的话就少喝点,即便没人罚款,自己也要注意安全。"

侄儿老当说:

"我看情况,喝醉了当然就不走了。"

老东三弟说:

"婆娘家少讲话,这种酒是喝不醉人的,一个人都可以搞一两瓶,那么多人喝这两瓶算哪样。"

老东三弟媳就不作声了,走出厨房,来到堂屋对大哥老东说:

"老成来屋了,他讲你到屋的话,他要请你吃饭。"

老东说:

"哦,他来屋了?我也正想找他问个事呢。"

老东三弟媳说:

"你找他搞哪样大哥?"

老东说:

"我听讲他那老屋要卖,我想买下来。"

老东三弟媳问:

"他那屋,那样烂了,你还要买?"

老东沉默半晌,说:

"我在城里没有房子,在盘村也没有房子,我不买,我将来退休了去哪里住?"

作为盘村有史以来的第一个大学生,老东考上大学那年,正逢村里在落实土地承包责任制,当时村人说他考取了学校,就是吃国家粮的人了,因此也不应该再参与村人分配土地了,老东父亲那时也没什么意见,所以事情就这样决定了。但老东母亲说,这样的政策其实只针对老东一人,后来盘村人考取大学的,都分到了土地,因此老东也就成了盘村子女中自古以来唯一没有土地的人。

老东这样一说,老东三弟媳就不说话了。因为老东虽然在盘村也有老屋,但当年他父亲给他们三弟兄分房子时,他只分到了堂屋。堂屋是公共空间,当然是不能住人的,只是一种所有权的象征而已。他在单位上的房子也跟在老家的房子差不多,因为是最早的单位分房,所以也是没有完全产权的,房子并不属于他自己。

"你退休了还真要回盘村来住?"老东母亲不解地问。

"我不回来住我住哪里妈?"老东说。

"回来住你也可以自己找地方修房子嘛!他那房子,风吹都要倒了,你还去跟他买,我没晓得你是咋个想的!"老东母亲说。

老东并不直接答复母亲的话,沉默半晌,才说:

"世界上的任何东西,都是老的好,越老越好,东西是这样,人也是这样!"

话说到这里,老东母亲也有些明白儿子的心思了,她低声问:

"你和小鹿她妈到底是吵架?还是离婚了?"

老东知道事情不可能再瞒下去了,就直接对母亲说:

"离了!"

老东母亲的脸色顿时变得很难看。她突然很激动地低声对老东说:

"你做事,从来不跟我们商量一下……"

老东看到妈妈心情难过,就想耐心开导几句。没想到三弟媳的电话响了,是浙江打来的微信视频。她知道那是二姐找妈说话的视频,就直接把手机递给老太婆。于是老太婆就跟那边的女儿聊上了。忧伤的神情还挂在脸上,但还是尽量挤出笑脸来面对那边的问候。老东在堂屋门口愣了半天,听出这电话没半个小时不会挂断,也不想劝母亲什么了,独自沿着公路往自己老屋那边走去。他发现公路两边突然又多出了许多的砖房,而且那些砖房一栋比一栋修得高大气派。他的老屋,居然已经被这些高楼大厦挤压得差不多看不见了。这时老东心里突然产生了一种前所未有的彷徨感和幻灭感,他觉得自己回到盘村来安度晚年的想法其实也是不现实的,这地方早已不再属于他,或者说,这个所谓的故乡,其实早已没有了他的立锥之地。

　　他从老孔桥那儿拐弯来到他原来的那栋老屋前,看到因为长期没人居住,老屋门前坪地的野草长得都比人还高了,周围树木也长得又高又大,几乎完全遮蔽了他的老屋。老屋的门上的锁都生了锈,一望而知,这房子已经很久没人来打理过了……站在老屋那边的坡岭上,他看见有一群白鹤正在结伴从寨子中间的天空飞过,它们好像是从别处远方狩猎归来的样子,行色匆匆地飞往不知在何处的老巢……老屋对面是盘村大寨,原先整齐美丽的黑瓦木楼如今差不多被拆走卖掉了大半,寨子的面貌早已经面目全非了……寨子前面的公路两旁,是一丘丘形状各异的水田,水田里的稻秧才刚刚返青,秧苗的行列清晰如线,田水倒映着天边最后的一抹彩云,又明亮,又感伤……老东想起来这情景和画面曾在记忆里多次出现过,他因此怀疑自己此时是不是也在梦里……

2017 年 7 月 16 日于故乡宰麻

图书在版编目（CIP）数据

桃花水红／潘年英著．－－北京：新星出版社，2018.10
ISBN 978-7-5133-3237-8

Ⅰ．①桃… Ⅱ．①潘… Ⅲ．①短篇小说－小说集－中国－当代 Ⅳ．①Ｉ247.7

中国版本图书馆CIP数据核字（2018）第219084号

桃花水红

潘年英　著

出版统筹：姜　淮
责任编辑：杨　猛
责任校对：刘　义
责任印制：李珊珊
装帧设计／封面绘图：冷暖儿unclezoo

出版发行：新星出版社	
出 版 人：马汝军	
社　　址：北京市西城区车公庄大街丙3号楼	100044
网　　址：www.newstarpress.com	
电　　话：010-88310888	
传　　真：010-65270499	
法律顾问：北京市岳成律师事务所	

读者服务：010-88310811　　service@newstarpress.com
邮购地址：北京市西城区车公庄大街丙3号楼　　100044

印　　刷：北京美图印务有限公司
开　　本：910mm×1230mm　　1/32
印　　张：6.5
字　　数：124千字
版　　次：2018年10月第一版　2018年10月第一次印刷
书　　号：ISBN 978-7-5133-3237-8
定　　价：40.00元

版权专有，侵权必究．如有质量问题，请与印刷厂联系调换．